Bia

UNA SEDUCCIÓN, UN SECRETO…

Abby Green

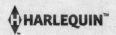

HARLEQUIN™

Editado por Harlequin Ibérica.
Una división de HarperCollins Ibérica, S.A.
Núñez de Balboa, 56
28001 Madrid

© 2018 Abby Green
© 2019 Harlequin Ibérica, una división de HarperCollins Ibérica, S.A.
Una seducción, un secreto…, n.º 2694 - 17.4.19
Título original: An Innocent, A Seduction, A Secret
Publicada originalmente por Harlequin Enterprises, Ltd.

I.S.B.N.: 978-84-1307-727-7
Depósito legal: M-5549-2019
Impresión en CPI (Barcelona)
Fecha impresion para Argentina: 14.10.19
Distribuidor exclusivo para España: LOGISTA
Distribuidor para México: Distibuidora Intermex, S.A. de C.V.
Distribuidores para Argentina: Interior, DGP, S.A. Alvarado 2118.
Cap. Fed./Buenos Aires y Gran Buenos Aires, VACCARO HNOS.

Este libro ha sido impreso con papel procedente de fuentes certificadas según el estándar FSC, para asegurar una gestión responsable de los bosques.

Capítulo 1

SI ME permite, señor Rivas, solo un par de preguntas más.

–Por supuesto –Sebastio Rivas apretó los dientes, pero se obligó a sonreír.

Las palabras de su abogado y asesor principal resonaban en sus oídos:

«Desde la muerte de tu padre, hace un año, eres la cara visible de Rivas Bank. Vas a tener que abrirte a los medios de comunicación, y al público. Todos quieren conocer al hombre que convirtió una de las instituciones más endeudadas en un banco respetado y exitoso».

La sonrisa debió de ser aterradora porque el periodista lo miró con evidente nerviosismo.

A Sebastio le apretaban el traje y la corbata. En momentos como ese era cuando más añoraba su pasado, vistiendo los colores de su país junto a los catorce miembros de su equipo en el reverente susurro del estadio de rugby.

Echaba de menos la sencillez de trabajar con un equipo y un solo objetivo en mente. Ganar. Ser el mejor. Imparables. No había vuelto a sentir esa impresionante sensación de solidaridad.

«Porque la fastidiaste».

El periodista se aclaró la garganta, devolviendo a Sebastio al presente.

–Su vida es muy diferente ahora de la de antes. Nunca mostró ningún interés por la banca hasta hace unos cuantos años y, sin embargo, su evolución ha sido, como mínimo, triunfal. Ha devuelto al Rivas Bank a cifras de beneficios, y tan solo a unos pocos meses de la muerte de su padre.

Sebastio entornó los ojos amenazadoramente, pero el joven le aguantó la mirada.

Estuvo tentado de dar por finalizada la entrevista, pero sabía que no podía, de modo que volvió a dibujar esa sonrisa en sus labios antes de contestar.

–Siempre me ha interesado la banca. La familia Rivas fue una de las primeras en abrir un banco en las Américas, de modo que lo llevo en la sangre desde hace generaciones.

–Y sin embargo el Rivas Bank había entrado en declive en los últimos tiempos.

–Eso es verdad –la sonrisa de Sebastio se hizo más forzada–. Pero ese declive ya es agua pasada.

A Sebastio no le hacía falta que le recordaran lo que había precipitado ese declive. Lo había vivido como testigo silencioso. Había surgido por múltiples motivos, siendo el principal el escandaloso y costosísimo divorcio de sus padres. Escandaloso por las descaradas infidelidades por ambas partes. Y por una vida de excesos, por no mencionar la encarnizada batalla por la custodia de un Sebastio de ocho años, hijo único y heredero.

Cuando todo acabó, y el padre de Sebastio recibió la custodia plena del niño, se lanzó a una espiral de alcohol y juegos que terminó con la fortuna familiar y los beneficios del banco.

Sebastio no hizo mucho por ayudar, dando la espalda a su legado para dedicarse al rugby profesional, tanto como medio para rebelarse contra su familia como por amor al deporte.

Gracias a su glamuroso pasado, atractivo físico y proezas deportivas, y a su aversión al compromiso, se había convertido en uno de los solteros más codiciados. Un notorio playboy.

Sin embargo, al retirarse Sebastio del deporte, el banco había convocado una reunión de urgencia para intentar hacerle reconsiderar la opción de hacerse cargo de su puesto en la junta directiva. Y tras saber que miles de vidas dependían, directa e indirectamente, del banco, miles de vidas con las que su padre había estado jugando a la ruleta, no había tenido otra elección que ocupar su lugar y recuperar el control del barco que se hundía.

Sobre su conciencia cargaba con suficiente culpa para toda la vida, sin necesidad de añadir más.

Los últimos tres años los había dedicado a asumir más responsabilidades, mientras su padre entraba en un declive causado por su amargura y actitud autodestructiva.

La gente decía que el éxito de Sebastio se debía a una habilidad genética para comprender la complejidad de las finanzas y gestionar un banco, pero él opinaba que era pura suerte.

—Se apartó del rugby tras el trágico accidente de tráfico en el que se vieron implicados Víctor Sánchez y su esposa —la voz del periodista interrumpió sus pensamientos—. ¿Qué parte de culpa tuvo ese accidente en su regreso al negocio familiar? ¿Sigue en contacto con Víctor Sánchez?

La pregunta tuvo el efecto devastador de una bomba. Nunca hablaba del trágico accidente que se había cobrado dos vidas, destrozado una tercera y arruinado la suya para siempre.

—Si no hay más preguntas —se levantó lentamente, abrochándose la chaqueta—, tengo una reunión.

El periodista también se levantó, sonriendo con gesto de ironía, y le ofreció su mano.

–Espero que no me culpe por intentarlo, señor Rivas. Mi editor no me perdonaría nunca que no le formulara la pregunta cuya respuesta todo el mundo desea conocer.

Sebastio estrechó la mano del joven con la suficiente fuerza para que sus ojos se humedecieran.

–Puede preguntar todo lo que quiera, lo cual no quiere decir que yo vaya a contestar.

Dándose media vuelta, se marchó, intentando ignorar la ira que circulaba en su interior desde que un desconocido hubiera abierto la caja de Pandora de los peores recuerdos de su vida.

El recuerdo del impacto, y el olor a gasolina, aún lograba que Sebastio sintiera un sudor frío. La imagen de la esposa de su amigo, tirada en medio de la carretera, en un charco de sangre.

Apretó los labios con fuerza mientras se ponía el abrigo y salía del exclusivo hotel del barrio de Knightsbridge. Estaba a miles de kilómetros de Buenos Aires, pero el pasado no lo abandonaba.

«No te lo mereces».

No se merecía estar en paz. Quizás le debiera algo al periodista por habérselo recordado.

Vio al chófer saltar del coche y abrirle la puerta y de nuevo sintió esa familiar opresión.

–Está bien, Nick. Voy a regresar caminando al despacho.

–Muy bien, señor –el hombre uniformado inclinó la cabeza–. Hace un buen día para pasear.

¿Un buen día? Supuso que sí. Era uno de esos raros días de invierno, brillantes, despejados y secos. La Navidad estaba a la vuelta de la esquina y todo estaba ya adornado.

Odiaba la Navidad, por numerosas razones. Los tres últimos años había logrado escaparse marchándose a lugares donde apenas se celebraba: África, India, Bangkok.

El primer año tras el accidente, la Navidad había sido una nebulosa de dolor, sentimiento de culpabilidad y sufrimiento tan agudo que Sebastio no había creído poder sobrevivir.

Pero lo había hecho. Y ese año estaba en Londres, en el vórtice de la locura navideña. Porque no se merecía un pasaje para huir y, sobre todo, porque el Rivas Bank acababa de abrir su sucursal europea allí. Le habían aconsejado sacarle el mayor partido a las fiestas celebrando una serie de importantes recepciones que asegurarían su posición en la sociedad inglesa y europea.

Incluso le habían sugerido decorar su casa, en la que iba a celebrar las fiestas, pero la idea de vivir rodeado de arbolitos, adornos y lucecitas de colores le hacía sentir tal claustrofobia que había optado por no seguir ese consejo.

Al pasar frente al escaparate de unos famosos grandes almacenes, se fijó en un elaborado cartel colgado delante de unas cortinas rojas de terciopelo:

¡El famoso escaparate navideño de Marrotts será desvelado este fin de semana! ¡Feliz Navidad!

Un par de niños miraban por un hueco entre las cortinas, mientras sus padres tiraban de ellos.

Sebastio sintió una punzada de dolor tan intenso que casi se paró en seco. De no ser por el accidente, Víctor y la hija de Maya estarían...

Se sacudió el pensamiento de la cabeza y se apartó de la zona más concurrida, adentrándose en una calle lateral. Maldijo al periodista por haber precipitado esa avalancha de recuerdos.

Sebastio pasó ante otro de los famosos escaparates de Marrotts, pero las cortinas rojas estaban parcialmente abiertas.

Se detuvo en la tranquila calle mientras la escena del otro lado del escaparate llamaba su atención. Se trataba de un bosque de hadas, cuyas ramas se abrían a mundos ocultos y pequeños rostros y ojos. Hadas, duendes...

A su pesar, Sebastio se sintió cautivado. Era una escena navideña, pero... a la vez no. Y alcanzó un recuerdo profundamente escondido, de una época en la que no odiaba la Navidad.

Una de sus abuelas era inglesa, y sus padres solían dejar a Sebastio con ella cada Navidad, mientras ellos se iban de vacaciones. Habían sido Navidades mágicas. Su abuela lo llevaba a espectáculos en el West End. Adornaban la casa, veían películas, jugaban. Todas esas cosas que no hacía con sus padres porque siempre estaban ocupados con sus aventuras amorosas, peleándose o disfrutando de lujosas vacaciones.

Cuando su abuela murió, ni siquiera volvieron a Inglaterra para el entierro. En ocasiones, Sebastio se preguntaba si no se lo habría inventado. Tan hambriento de afecto que se había imaginado una adorable abuelita como en un patético cuento de hadas.

Ninguna Navidad había vuelto a ser como esas que recordaba. Y al final se había convencido de que odiaba la Navidad, porque no volvería a vivir nada parecido, y desearlo era una debilidad.

Vio movimiento y lo siguió hasta una mujer con las manos apoyadas en las caderas y la cabeza ladeada, que contemplaba a un joven que colgaba una brillante estrella de la rama de un árbol.

La joven estaba de espaldas y vestía unos sencillos pantalones negros, top negro de manga larga y zapatos planos. La vio sacudir la cabeza, su corta y rojiza melena brillaba bajo las luces. Se agachó y recogió algo, otra pieza de decoración, que entregó al hombre subido a la escalera. Al erguirse de nuevo, el top se le subió y reveló una pálida barriga y una fina cintura.

Sebastio sintió una sacudida de... consciencia. Excitación. Casi no lo reconoció, tanto tiempo había pasado. «Casi cuatro años». Lo agradeció como un antídoto a su amargura.

Y como si hubiera percibido esa atención que había despertado, la mujer se volvió lentamente. Sebastio no estaba preparado para la sacudida en el plexo solar al verla de frente. Era impresionante. Enormes ojos y oscuras cejas. Pómulos marcados y una seductora boca enmarcada por la corta y despeinada melena, algo más larga por delante.

Le daba un delicado aspecto infantil que despertó el deseo en el cuerpo de Sebastio. Estaba confuso. Siendo muy alto y corpulento, siempre le habían atraído las mujeres grandes. Pero esa parecía como si un soplo de viento pudiera derribarla. Aunque también se percibía una fuerza interior. Una locura, pues era una perfecta desconocida, separada de él por un panel de cristal.

La mujer miraba a Sebastio con expresión arrebatada. Durante un momento sus miradas se fundieron. Ella tenía los ojos azules, enmarcados por largas pestañas. Y, como si despertara de un trance, cerró las cortinas, dejando a Sebastio ante su propia imagen reflejada en el cristal.

Tuvo una fugaz sensación de haberla visto antes. Pero fue demasiado efímera.

Ninguna mujer había despertado su interés o deseo con tanta fuerza y rapidez en cuatro años. Sebastio era un maestro del despiste, enmascarando su nula libido con una serie de sonadas citas que nunca pasaban de un beso. Su fama era la de amante consumado de hermosas mujeres, una conveniente cortina de humo.

Pensó de nuevo en el escaparate que había llamado su atención, nada habitual en alguien que odiaba la Navidad. Pensó en el consejo que le habían dado para decorar su casa y...

Esa mujer podría haberle devuelto la vida a su libido, pero la necesitaba para algo más práctico.

Sebastio regresó a la calle principal y se dirigió hacia la entrada de los grandes almacenes.

Edie Munroe miraba fijamente las cortinas cerradas, como si la hubieran hipnotizado, o golpeado en la cabeza. Jamás, ni en un millón de años, habría esperado volver a verlo, pero...

Y la había impresionado con la misma fuerza que hacía cuatro años, cuando lo había visto por primera vez en un abarrotado club nocturno de Edimburgo.

«No puede ser él», se dijo a sí misma, con la carne de gallina. No podía ser Sebastio Rivas.

¿Qué probabilidades había de que fuera él? Sería alguien parecido. Sebastio Rivas era una famosa estrella internacional del rugby. ¿Qué demonios iba a hacer en una calleja lateral de Londres?

Pero su corazón acelerado le aseguró que sí era él.

Resultaba humillante que ningún otro hombre le hubiera producido el mismo efecto en cuatro años. Había mantenido citas solo por sexo, citas a ciegas y citas por Internet. Pero en todas ellas, cuando el tipo había intentado ir más lejos, Edie se había cerrado.

Porque no podía quitarse de la cabeza cómo le había hecho sentir ese hombre cuatro años antes. Viva y energizada. Vibrante. Conectada. Esperanzada.

Y excitada.

Por primera vez en su vida había entendido lo que la gente llamaba «flechazo», o cuando decían «Lo sabrás cuando lo sientas». Era como una energía palpable. Electricidad.

Había supuesto una sensación de deseo totalmente nueva, y había sabido instintivamente que solo él podría calmar la creciente excitación de su interior. Una locura tratándose de un perfecto desconocido, pero una sensación tan profunda que aún la sentía, cuatro años después.

Era patético. Su interacción con Sebastio Rivas no había durado más de cinco minutos. Le había dicho que se largara. Le había dejado claro que estaba fuera de su alcance, en otra división.

Había estado segura de haber visto algo, sentido algo, en él. Sus miradas se habían fundido en una silenciosa comunicación que había vibrado entre ellos. En su porte, en sus ojos, había visto algo, una especie de dureza. Y había resonado en su interior porque ella había sentido lo mismo.

Acababa de superar un terrible cáncer que había desarrollado a los diecisiete años, sacudiendo su vida. Había entablado una lucha por sobrevivir, infinitos ciclos de tratamientos tóxicos y habitaciones de hospital esterilizadas.

Durante dieciocho meses no supo si moriría o viviría, y en ocasiones se había sentido tan mal que casi hubiera deseado...

Edie reprimió el recuerdo y rememoró los rostros preocupados y demacrados de sus padres.

Y el día en que le habían dado el alta, había decidido salir de noche, su regreso al mundo.

Recordaba haber llevado un vestido prestado de una amiga. Corto, plateado y ceñido. Nada que ver con su estilo, pero aquella noche celebraba algo que no había pensado vivir. La vida.

Y como su pelo aún no había crecido, se había

puesto una peluca. Un corte *bob* hasta los hombros. De un color rojo brillante, ardiente y que picaba un montón. Pero eso no le había impedido abordar al hombre más guapo del recinto.

Nunca había visto un hombre tan atractivo y carismático. Superaba holgadamente el metro ochenta, y su cuerpo era atlético y musculoso, de atleta. La fuerza que exudaba resultaba evidente incluso bajo el oscuro traje.

Intentó convencerse de que ese hombre que acababa de ver no podía ser él. Pero esa cara jamás la olvidaría. Esculpida en piedra. Angulosa y huesuda. Mandíbula cuadrada. Ojos hundidos bajo unas cejas negras. Cabellos espesos que caían descuidadamente sobre la frente.

Y una boca hecha para el pecado. Carnosa y sensual, suavizando esos duros y angulosos rasgos.

—Edie... la Tierra llamando a Edie. ¿Ya puedo bajar?

Ella se giró, espantada ante su reacción hacia un hombre que, seguramente, ni siquiera era él.

—Claro, Jimmy —contestó—. Creo que el hombre del escaparate... el hombre de la luna queda mejor que la estrella —rezó para que Jimmy no se hubiera dado cuenta del rubor ante el desliz.

—Aunque nadie lo verá —se quejó el joven mientras se bajaba de la escalera—. Estamos a la vuelta de la esquina, lejos de los escaparates principales.

—Y eso significa que podemos ser más creativos en nuestro pequeño escaparate —lo animó Edie.

—Tú lo has dicho: pequeño. Odio que los grandes diseñadores decoren los escaparates principales. Resulta tan... comercial.

—Lo sé —Edie ocultó una sonrisa ante la desazón del estudiante de arte. Ella nunca había ido a la universidad, escalando peldaño a peldaño hasta convertirse en una creativa de la decoración—. Así funciona hoy en día, y seguro que quedarán preciosos.

–Sí, pero no tendrán magia.

Edie estuvo de acuerdo. Ella adoraba la magia y la fantasía de la Navidad. Le gustaba todo de la Navidad. En el escaparate había intentado crear un poco de esa magia, aunque casi nadie lo veía.

Eran otros tiempos y los grandes diseñadores tenían más tirón que los creativos de la plantilla.

–Bueno –dijo mientras sacaba otra caja con elementos decorativos–, hora de tomar el té y luego seguimos. El escaparate tiene que estar terminado esta noche.

–Sí, jefa –contestó Jimmy.

Edie sonrió ante la descarada expresión del joven. Consultó la hora y suspiró. Ella también debería hacer una pausa, pero si quería terminar el escaparate...

En cuanto su mente estuviera ocupada con la decoración... pero volvía sistemáticamente a él.

Edie contempló las cortinas con sospecha. Se levantó del taburete y se asomó por un hueco.

La calle, por supuesto, estaba vacía. Y ella sintió una extraña, y estúpida, decepción. A lo mejor lo había invocado en una fantasía del subconsciente que jamás había admitido tener.

Cerró las cortinas con fuerza y se dio la vuelta, dispuesta a apartar de su mente pensamientos de hombres inquietantes. Oyó un ruido y levantó sonriente la mirada, esperando ver a Jimmy.

Pero no era Jimmy. Y la sonrisa se esfumó de su rostro.

Su supervisora, Helen, estaba de pie en la entrada del escaparate y detrás de ella estaba... él. Incluso más alto e intimidante de lo que recordaba. Muy real. Nada de fantasía.

Helen, profesional y madre de cuatro hijos, entró con expresión azorada y la mirada brillante.

–Edie, quiero presentarte a alguien.

Edie tenía los pies pegados al suelo. No podía creerse que aquello estuviera sucediendo.

Solo podía pensar en si la reconocería. Su lado racional le decía que no. Apenas habían hablado aquella noche, y ella había lucido un aspecto muy distinto. Pero no pudo negar la aceleración del pulso, la sensación de anticipación.

—Edie, el señor Sebastio Rivas. Señor Rivas, Edie Munroe, una de nuestras escaparatistas.

Ella dio un paso al frente y se obligó a mirarlo. Estaba tal y como lo recordaba, solo algo más acicalado. Los cabellos igual de largos, pero no tan revueltos. La camisa abotonada hasta arriba y la corbata impecable. Tuvo la sensación de que se sentía constreñido y deseó poder desatarla.

Qué locura. No lo conocía. Igual que no lo conoció entonces. La miraba fijamente, pero sin ningún destello de reconocimiento. Edie no sabía si sentirse aliviada o decepcionada.

Él alargó una mano, grande y masculina. Edie recordó esa mano sobre su antebrazo.

Sebastio la miraba con curiosidad mientras su jefa carraspeaba discretamente. Mortificada por el momento, ella se apresuró a estrecharle la mano. La suya desapareció en la de él. Y la misma sacudida de electricidad que había sentido cuatro años atrás la atravesó. Recuperó la mano y disimuló lo mejor que pudo su reacción. Y su sobresalto.

—Encantada de conocerlo.

Tenía los ojos grises, como el acero. Las largas y oscuras pestañas acentuaban su físico, al igual que esa ridículamente sensual boca.

—Es un placer, señorita Munroe.

Los dedos de los pies de Edie se encogieron ante la voz gutural de fuerte acento.

–El señor Rivas quiere hacerte una propuesta –intervino Helen–. ¿Nos acompañas? –aunque formulada como pregunta, no lo era.

–Claro. Jimmy volverá enseguida, él podrá continuar con la decoración.

Su jefa hizo un gesto de aprobación y se encaminó hacia la tienda. Sebastio Rivas le hizo un gesto a Edie para que lo precediera. Ella salió por la puerta del escaparate, muy consciente de tenerlo detrás, y vio a más de una mujer volverse para mirarlo a su paso.

De nuevo regresaron los recuerdos de aquella noche. El fuerte latido de su corazón al acercarse a él, latidos de deseo y nervios. Alguien la había empujado y ella se había caído hacia delante.

Él la había sujetado por el antebrazo y la había mirado.

–¿Quién eres? –había preguntado con voz fuerte, casi acusadora.

–Na-nadie –había balbuceado ella–. Quería saludarte. Te vi desde el otro lado de la sala. Tú también me estabas mirando y pensé que... pensé que quizás querías hablar conmigo.

Su mirada le había recorrido todo el cuerpo con indiferencia. La conexión que la había empujado a hacer algo tan osado se volvió de repente muy débil. Y fue muy consciente de lo que le picaba la peluca, del ajustado vestido. Demasiado ajustado.

Y también había sido repentinamente consciente de la gruesa cuerda VIP que los separaba, a él y a sus amigos, del resto de la gente. De ella. De repente se fijó en las mujeres que había a su alrededor, mujeres con las que Edie jamás podría competir. Mujeres de abundantes curvas y espesas cabelleras. Mujeres seguras de sí mismas.

Una de ellas se había acercado a Sebastio y lo había tomado del brazo, apretándose contra él. Él la había mirado y luego a Edie, soltándole el brazo.

–Aquí no hay nada para ti. Lárgate.

Edie se había quedado allí, sintiendo un cosquilleo en el brazo, humillada. Mientras, él había atraído a la mujer hacia sí y se había inclinado para besarla, tan explícitamente que los demás de su grupo habían empezado a silbar y a aullar.

Había hecho falta esa última humillación para que Edie se diera la vuelta y se marchara.

–Lo siento, será solo un momento.

Edie parpadeó. No se había dado cuenta de que habían llegado al despacho de su jefa, ni de que Helen había sido requerida por otro empleado. Pero, de repente, mientras la puerta se cerraba, fue consciente de estar en una pequeña habitación, encerrada con Sebastio Rivas.

Solo supo quién era tras averiguar que él y sus amigos integraban el equipo argentino de rugby. Al regresar a su casa, los había buscado en Internet y había averiguado que era el capitán. La estrella del equipo. Y el mejor medio apertura del mundo.

Sebastio Rivas la estaba mirando.

–Eh... –Edie apartó de su mente los recuerdos y carraspeó–, Helen ha dicho que tenía una propuesta.

–Su acento, ¿de dónde es? –preguntó él en lugar de responder a su pregunta.

–Escocés –Edie se sonrojó–. Soy de cerca de Edimburgo.

Sebastio la miraba fijamente y Edie contuvo la respiración. No podía recordarla, ¿no?

–Sí que tengo una propuesta, señorita Munroe –contestó al fin–. Quiero que venga a mi casa y la decore para Navidad.

Edie necesitó unos segundos para asimilarlo. Abrió la boca y la cerró. Y la volvió a abrir.

–Me... me temo que no hago encargos privados. Trabajo para la tienda. Estamos muy ocupados.

–Da igual. Me gustaría que trabajara para mí.

El tono de voz sugería que esperaba obediencia. A Edie se le crisparon los nervios.

«Aquí no hay nada para ti. Lárgate».

Ella se cruzó de brazos y sintió la mirada gris posarse sobre sus pechos antes de ascender de nuevo hasta sus ojos. Odiaba esa sensación, sobre todo cuando era consciente de sus... carencias. Pechos pequeños, caderas estrechas. Y cuatro años atrás había estado aún peor.

Edie había engordado, se había rellenado, aunque nunca podría competir con la clase de mujer que, evidentemente, le gustaba, a juzgar por la pechugona a la que había besado aquella noche.

¿Y esa tontería de la conexión que había sentido? Sin duda todo había estado en su cabeza, y con el tiempo resultaba aún más mortificante. Al menos no la recordaba.

–Me temo que no será posible. Estoy contratada para trabajar aquí.

–Le pagaré el triple de lo que cobra aquí durante un año.

Edie se quedó sin aliento. Era más dinero del que había ganado en su vida. Sacudió la cabeza.

–Lo siento, señor Rivas. No puedo dejar el trabajo por usted. Perdería mi empleo si les dejo colgados en Navidad –ante la obstinada expresión que vio en su rostro, continuó–: ¿Por qué quiere que yo decore su casa? Hay empresas que se dedican a eso.

Vio claramente la llamarada de irritación en los ojos grises. No estaba acostumbrado a que lo cuestionaran. Edie tuvo la extraña necesidad de enfrentarse a él a toda costa, sin saber por qué le parecía tan importante. A lo mejor porque no quería volver a resultar tan descartable.

–Tengo una casa muy grande en Richmond, y debo

celebrar allí varios actos sociales de aquí a Navidad. He visto su trabajo. Me gusta el nivel de detalles que ha incluido en un escaparate que, seamos sinceros, no va a ver mucha gente.

Edie se sonrojó ante el inesperado elogio. Se había dado cuenta de que su esfuerzo sería inútil.

—Mi trabajo es decorar escaparates y espacios por toda la tienda. Nunca he decorado una casa.

Además, en Richmond, las casas eran mansiones.

—Solo necesito decorar las estancias que van a utilizarse en las recepciones, y el exterior —él se encogió de hombros—. No tengo ninguna intención de decorar toda la propiedad.

Sebastio cerró la boca con firmeza, como si la mera idea le resultara desagradable.

—Pero solo faltan tres semanas para Navidad...

—Y mi primera recepción será dentro de dos. Comprenderá las prisas.

—¿Por qué yo? —Edie seguía perpleja.

—¿Por qué no?

Capítulo 2

SEBASTIO vio a la preocupada joven morderse el labio inferior y tuvo que controlar el impulso de liberar ese labio. Aplastó el deseo. Si iba a trabajar para él, su relación sería estrictamente profesional. También aplastó la punzada de frustración que sintió.

No era su tipo. Quizás hubiera encendido una chispa, pero no había sido más que el resurgir de su libido durmiente. Algo más alta que la media, vista de cerca resultaba aún más delicada. Y sin embargo volvió a presentir cierta dureza bajo la delgada constitución.

El diálogo lo corroboraba. Sebastio estaba acostumbrado a que la gente solo le dijera «¿Cuánto?», si les pedía algo. Pero esa mujer parecía reacia siquiera a tratar con él, y eso lo intrigaba e irritaba a partes iguales. Así no solían recibirlo.

Se obligó a concentrarse. Necesitaba que ella se ocupara de esas cosas en las que ni siquiera quería pensar. Y cuanto más reacia se mostraba ella, más decidido se sentía él.

Habló en un tono paciente que contradecía la frustración ante el cariz que estaba tomando la conversación.

—¿Insinúa que no le iría bien recibir unos considerables ingresos en estas fechas?

Analizó la ropa, funcional y sosa, que llevaba. Tenía un cuerpo elegante, de esos a los que cualquier cosa les quedaba bien. Y, de repente, sintió ganas de verla con algo más femenino.

Ella lo miraba furiosa, y el deseo de Sebastio se disparó aún más, burlándose de su convicción de que ella no era su tipo. Al parecer, en esos momentos, sí lo era.

–No se trata de si necesito o no el dinero. Me temo que abandonar mi trabajo aquí y trabajar para usted no es una opción, por mucho que me ofrezca.

Edie tuvo una visión de sus padres en Escocia. Ambos parecían mayores de lo que eran, y sintió una punzada de culpabilidad, pues era por ella. Habían sufrido tanto... y justo cuando su padre se había jubilado, dispuesto a disfrutar de la vida, había sufrido un infarto. El crucero por el Caribe en el que se habían gastado sus ahorros había sido cancelado y, al no tener seguro y caer en manos de una agencia de viajes sin escrúpulos, habían perdido el viaje de sus vidas.

Con el dinero que le ofrecía el señor Rivas podría enviarles a tres cruceros. Y también pagarse un seguro médico privado, lo que les haría sentirse mucho menos agobiados cara al futuro.

Pero de ninguna manera estaba dispuesta a perder su trabajo por un hombre lo bastante arrogante como para pedírselo. De nuevo ignoró la punzada de culpabilidad que le advertía de que su reticencia se debía a motivos más variados y personales.

–Lo siento. Por fascinante que resulte su oferta, no puedo dejar, sin más, mi trabajo en la tienda.

–En realidad, sí que puedes... temporalmente.

Edie parpadeó y se volvió. No había oído regresar a su jefa.

–Pero, Helen... –ella se sintió desfallecer.

–El señor Rivas acaba de instalarse en Londres –Helen levantó una mano–, y queremos darle la bienvenida como cliente. Estamos más que dispuestos a prescindir de ti hasta Navidad, siempre que regreses a tu puesto aquí en cuanto el trabajo esté hecho.

Edie no se lo podía creer. ¿Hacer un encargo personal para Sebastio Rivas y conservar su empleo? Debía de pertenecer a la realeza, o algo así, para precipitar tamaña adulación.

–Helen, de verdad que no creo que... –Edie lo intentó de nuevo.

Pero su jefa ni la escuchó mientras abría la puerta del despacho y despedía a Sebastio Rivas.

–Nosotros nos ocupamos de ello, señor Rivas. Liberaremos a Edie de su agenda lo antes posible.

La puerta se cerró sobre la imagen de un Sebastio Rivas mirando a Edie con expresión desafiante. Ella se estremeció ante la posible naturaleza del desafío: hacer un trabajo, o dejarle claro que se había dado cuenta de cómo había reaccionado ante su presencia.

Le recordó a aquella noche en el club, cuando había tenido la sensación de que le estaba viendo hasta el alma. Era humillante que siguiera ejerciendo el mismo efecto sobre ella.

–¿Tienes la menor idea de quién es ese hombre? –preguntó su jefa mientras se volvía hacia ella.

–Es un jugador de rugby de la selección nacional de Argentina –contestó Edie.

–Hace años que se retiró del rugby –Helen agitó una mano en el aire–. Sebastio Rivas es el director general del Rivas Bank, proviene de una de las familias de banqueros más poderosas del mundo.

Edie asimiló las palabras de su jefa. Eso explicaba su aire arrogante y altivo.

–Y, si quiere que tú le decores la casa en Navidad, por supuesto se lo vamos a facilitar.

Edie reconoció el tono acerado de Helen. También reconoció la increíble oportunidad. Le suponía una enorme cantidad de dinero y su jefa le aseguraba el puesto de trabajo.

¿Por qué se sentía tan reacia?

«Porque», contestó su vocecita interior, «ese hombre te rechazó en un momento en que deseabas ser normal y saber lo que se siente siendo mujer. Y porque él te recuerda que sigues sin saberlo».

Resultaba humillante pensar que a lo largo de los últimos cuatro años había cambiado y madurado en muchos aspectos, pero a nivel íntimo seguía siendo la misma chica. Torpe y sin experiencia. Desesperada por encajar. Desesperada por experimentar. Desesperada por vivir.

—¿Edie? Si sigues reacia a hacerlo puedo encontrar a otra persona...

Edie regresó de golpe al presente, a su jefa, que la miraba con impaciencia por terminar con eso. Y sabía que no dudaría en proponérselo a otra persona.

Y decidió no dejar escapar la oportunidad solo porque ver de nuevo a Sebastio Rivas le había desconcertado. Como poco.

—No, por supuesto que lo haré yo. Sería una locura no hacerlo.

—Estupendo —Helen sonrió—. Si quieres, hoy puedes marcharte pronto a casa, estarás muy ocupada hasta Navidad. El señor Rivas dijo que enviaría instrucciones a través de su ayudante.

—No, prefiero terminar el escaparate con Jimmy. Casi está acabado.

—Como quieras —su jefa se encogió de hombros—. Cualquiera estaría encantada de irse antes.

Edie sonrió tímidamente. Ella no era como los demás, y no necesitaba que se lo recordaran.

Durante el resto de la jornada, Jimmy y ella trabajaron en armonía. Por suerte, él no pareció fijarse en su tensión. Al terminar le propuso reunirse con él y unos amigos en un bar cercano, pero Edie sonrió y declinó la invitación. Se sentía confusa después de todo lo sucedido ese día.

Sentada en el abarrotado autobús, se ordenó a sí misma dejar de ser tan miedosa. Quizás conocer un poco mejor a Sebastio Rivas la ayudaría a bajarlo de ese pedestal que ocupaba, donde ningún otro hombre podía alcanzarlo.

Además, él desconocía sus circunstancias, ¿verdad? Aquella noche solo había sido una mujer más en busca de unas migajas de su atención. No podía conocer su estado de fragilidad.

Pero ya no era frágil.

Edie apartó su mente del pasado y sacó el móvil del bolsillo al sentirlo vibrar. Era un mensaje de Helen, con una dirección de Richmond. La dirección de Sebastio Rivas.

Le dio un vuelco el corazón al leerlo.

Reúnete con Sebastio Rivas mañana en su casa, a las diez de la mañana. Él te explicará lo que necesita y su equipo legal redactará un contrato temporal. Buena suerte y feliz Navidad. Helen.

De nuevo, Edie se sorprendió de que su jefa hubiera apoyado la iniciativa. Cierto que era temporal. Y Marrotts no andaba corto de escaparatistas. Ella solo era uno de muchos. Además, la reputación de la tienda subiría mucho al prestar a uno de sus empleados a un ilustre cliente.

Edie hizo una rápida búsqueda de la dirección en Internet, y cinco minutos después deseó no haberlo hecho. La casa era una antigua cabaña de caza, con más aspecto de mansión que de cabaña, en medio de una vasta propiedad. Incluso había ciervos. Ella tenía experiencia decorando espacios de tres a ocho metros cuadrados, no grandiosas mansiones en el campo.

Sintió una llamarada de pánico y la apaciguó, diciéndose a sí misma que ya había superado desafíos más grandes. No iba a permitir que Sebastio Rivas viera cuánto le asustaba el proyecto. En una ocasión le había dicho «Lárgate». No volvería a tener la oportunidad de hacerlo.

A la mañana siguiente, Edie dobló la esquina en el largo y serpenteante camino de entrada a la casa de Richmond, maldiciéndose por insistirle al guarda de seguridad de la puerta que no le importaba caminar. El hombre le había propuesto esperar a un encargado que la llevara, pero ella había insistido. Necesitaba calmar los nervios. Pero no pensaba que el camino fuera tan largo.

Se detuvo en seco, impresionada por la escena. Ninguna foto habría hecho justicia al sol de invierno que iluminaba cientos de ventanas y la magnificencia de la casa.

Tenía dos alturas, y una elegante y grandiosa entrada delantera. Al fondo vio lo que parecían unos jardines de perfecta manufactura, y hasta donde le alcanzaba la vista, colinas y un bosque.

Mientras se acercaba a la entrada, sintiéndose cada vez más intimidada, la enorme puerta se abrió y apareció un apuesto viejo caballero, vestido con un elegante traje.

–Usted debe de ser Edie –el hombre bajó los escalones, sonriente y con la mano extendida.

–Sí –ella se adelantó un paso y le estrechó la mano. Su acento le pareció italiano.

–Soy Matteo, el encargado de la casa. El señor Rivas está en camino desde su despacho de Londres, pero algunos de sus asistentes están aquí para redactar el contrato mientras llega.

Edie apenas tuvo tiempo de respirar antes de que le arrebataran el abrigo y el bolso, y la llevaran a un luminoso despacho situado junto al vestíbulo de entrada, donde dos hombres y una mujer se levantaron para saludarla. Impecables y oficiosos, amables, pero dinámicos.

Acababa de firmar sobre la línea de puntos, y seguía impresionada por la fortuna que iba a ganar por un trabajo de poco más de tres semanas, cuando un fuerte ruido llegó del exterior.

Al mirar por la ventana vio aterrizar un helicóptero en la propiedad. Edie se estremeció.

Los asistentes de Sebastio Rivas recogieron sus cosas y se despidieron de ella antes de marcharse, dejándola sola en la habitación, esperando con creciente tensión.

¿Qué estaba haciendo allí? ¿Creía poder entrar así en el mundo de Sebastio Rivas? Aquello era otro nivel. La clase de nivel que la gente como Edie ni olía. El hombre había llegado en helicóptero, ¡por el amor de Dios!, mientras que ella había pasado casi dos horas en un atestado tren, y luego había tomado un taxi desde la estación.

Oyó un ruido proveniente de la puerta y vio a Sebastio Rivas, ocupando todo el marco con su cuerpo. Sus cabellos negros estaban revueltos, culpa del helicóptero. Llevaba un traje de tres piezas y, a pesar del pelo, su aspecto era el del exitoso titán de las finanzas internacionales.

Y, sin embargo, se intuía algo elemental y provocativo, la fuerza del atleta que había sido.

–¿Ha firmado el contrato? –preguntó él al entrar en el despacho.

Ella asintió, deseando haberse puesto algo más atrevido que ese pantalón negro y la camisa blanca que llevaba sobre el top gris sin mangas. Jamás se había sentido menos femenina.

«Sí», le recordó su vocecita interior. Cuando ese hombre la había mirado como si fuera una molestia.

–Tengo que volver a la ciudad antes de comer –Sebastio consultó su reloj–, le enseñaré la casa.

Edie lo siguió, odiando lo cohibida que se sentía. Intentó mirar a su alrededor y no dejarse distraer por el atlético cuerpo.

Sebastio le estaba mostrando el vestíbulo.

–Los invitados entrarán por aquí. Me gustaría algo adecuadamente festivo. Un gran árbol. Luces.

Edie sacó un cuaderno del bolsillo y un bolígrafo, y empezó a tomar notas.

Sebastio se volvió, fijándose en la cabeza agachada sobre el cuadernillo. Su cabello caoba brillaba bajo la luz del sol que se filtraba por la ventana. No podría estar menos atractiva con esa ropa, pero desde el momento en que la había visto en el despacho, se había sentido vibrar.

Le estaba produciendo el mismo efecto que el día anterior. Luego no era una anomalía, ni una aberración. Era condenadamente irritante, porque Sebastio siempre había controlado su libido.

También sintió algo que tironeaba de su memoria, esa vaga sensación de *déjà-vu* que había tenido el día anterior. ¿La había visto en otra ocasión? Podría ser, sobre todo en su época de jugador de rugby, cuando su círculo social había sido más agitado y libertino.

Estuvo a punto de preguntárselo, pero decidió que los cuatro años de celibato empezaban a jugarle una mala pasada convenciéndole de que se sentía atraído hacia ese duendecillo.

Cuatro años de celibato. ¿Sería suficiente condena?

Edie levantó la vista y sus ojos azules se abrieron desmesuradamente, como si le estuviera leyendo el pensamiento. Él se censuró su reacción. No quería desearla.

Las mujeres que le gustaban embutían sus curvilíneos cuerpos en ropa de diseño y llevaban el exuberante pelo largo. No poseían un cuerpo delgado que parecía a punto de partirse al menor soplo de viento, ni una capa pelirroja de finos cabellos que deberían darle un aspecto andrógino, aunque lo cierto era que subrayaban su feminidad.

Lo único que quería de ella era que le ayudara, creando la ilusión de que no odiaba la Navidad.

«Mentiroso», le susurró su vocecita interior, que él ignoró.

Esa mujer era su empleada, y estaba fuera de los límites.

—Sigamos —le espetó secamente.

Edie siguió a Sebastio, algo irritada ante el tono de voz. Parecía que hubiera hecho algo malo. Estuvo a punto de recordarle que había sido él quien había insistido en que fuera, pero él se paró en medio del salón principal y se volvió hacia ella.

Edie puso una expresión que, esperaba, resultara insulsa. Y odió a Sebastio Rivas por hacerle sentir tantas cosas a la vez. Nerviosa, consciente, a la defensiva.

Apartó la mirada y habló en tono cortante.

—Ha dicho que tenía que asistir a una reunión. ¿Por qué no me explica lo que quiere que haga?

—No le apetece nada estar aquí, ¿verdad? —respondió Sebastio tras un prolongado silencio.

Edie lo miró espantada. ¿Tanto se le notaba?

—No entiendo —él se cruzó de brazos— por qué parezco desagradarle. No nos conocemos.

Edie sintió el calor subir desde su pecho por el cuello y hasta las mejillas. Se moría de vergüenza. Su incapacidad para ocultar su reacción resultaba irritante en extremo.

—No le conozco lo suficiente como para que me guste o no —contestó secamente.

Lo cual era, técnicamente, cierto. A fin de cuentas solo se habían visto durante unos breves instantes. Aunque jamás se lo iba a decir, por si acaso recordara a la chica flacucha con peluca y un vestido demasiado corto, que había intentado torpemente hablar con él.

–¿Preferiría que no le hubiese propuesto este encargo?

Edie lo miró a la cara, aunque no era fácil cuando esos ojos grises la taladraban. Respiró hondo. Debía deshacerse de cualquier impresión anterior. No era culpa suya que aún la obsesionara.

–Cierto que este lugar abruma. Pero me alegra que me eligiera. Debo salir de mi zona de confort.

–Personalmente, considero la zona de confort como la muerte del progreso –él enarcó una ceja.

Edie se lo imaginaba sin problemas. Dudaba que alguien como Sebastio Rivas hubiera estado en una zona de confort en su vida. Y se estremeció ante la idea de alejarse tanto de la suya.

–Tendré que esforzarme por ganarme sus favores, Edie –Sebastio descruzó los brazos.

–No es obligatorio gustar a todas las mujeres del planeta –el pánico de Edie aumentó ante la posibilidad de que ese hombre intentara seducirla.

Espantada ante su osadía, miró a Sebastio, esperando ser despedida fulminantemente. Sin embargo, él echó la cabeza hacia atrás y soltó una sonora carcajada.

Al volver a mirarla, los ojos grises resplandecían divertidos y Edie sintió una opresión en el pecho. Parecía mucho más joven, y menos intenso, cuando sonreía.

–Desde luego –él volvió a consultar el reloj–. Como bien ha dicho, tengo prisa, acabemos.

Edie se sintió culpable. Sebastio no se había merecido su respuesta, pero le ponía de los nervios. Tampoco se había esperado su reacción. ¿Intentaba inconscientemente que la despidiera porque sería más sencillo que tratar con él y enfrentarse a cómo le hacía sentirse?

Miró a su alrededor y contempló lo que solo se podía describir como majestuoso.

El salón era enorme, con una gigantesca chimenea en un extremo, sobre la que colgaba un blasón. Una gran lámpara de araña dominaba la estancia. Había una pared acristalada con las cortinas más largas que hubiera visto jamás, de terciopelo. El suelo de parqué estaba cubierto de alfombras orientales.

Edie se preguntó cómo demonios se le había ocurrido a Sebastio que podría hacer el trabajo. Solo había visto un diminuto escaparate, unas cuantas ramas, hojas y elementos decorativos.

—Me siento halagada de que le gustara mi escaparate, tanto como para pensar que podría decorar esto... pero no quiero que se equivoque. Esto supera con mucho mis capacidades para un plazo tan corto —ella echó a andar hacia la puerta—. Necesita contratar a profesionales acostumbrados a manejar proyectos de esta envergadura. ¿Por qué ha esperado tanto?

La pregunta aterrizó como una bomba en el estómago de Sebastio. Porque no quería hacerlo. Veía claramente el pánico en los ojos de Edie y sospechó que, si no era sincero, se marcharía.

—Porque —contestó solemnemente— detesto la Navidad.

El pánico fue sustituido por otra cosa. ¿Curiosidad? ¿Simpatía? Censurándose por ceder al impulso de ser sincero, que solo lo llevaría a preguntas que no estaba preparado para responder, Sebastio se dispuso a intentar minimizar los daños.

—Le propongo una cosa. Contrataré a profesionales con experiencia y recursos para esto, pero quiero que diseñe la decoración y lo supervise todo. De modo que, básicamente, será la diseñadora creativa y dispondrá de toda la ayuda necesaria.

Sebastio detestó la desesperación que lo empujaba a convencerla para quedarse. A toda costa.

–Sé que seguramente nunca antes ha proyectado o gestionado algo tan grande, pero solo es cuestión de tener claro lo que quiere delegar. ¿Serviría de algo si estuviera aquí ese joven con el que estaba decorando el escaparate?

Ella cerró la boca mientras reflexionaba antes de relajarse visiblemente.

–Bueno, eso ayudaría, me refiero a tener a mi lado a alguien que conozco.

–¿Mantiene una relación con él? –preguntó bruscamente Sebastio.

No recordaba bien al delgado joven, pero ya lamentaba haber sugerido incluirle en el proyecto.

–¡No! –Edie lo miró ofendida–. Jimmy es gay. Aunque eso no es asunto suyo.

Parte de la tensión abandonó el pecho de Sebastio.

–Creo que es muy capaz de hacer este trabajo, Edie. No se lo propondría si pensara que no lo es. No tengo por costumbre contratar o trabajar con incompetentes.

Eso le hizo pensar en la cohesión del equipo de rugby, todos trabajando como uno al máximo de sus capacidades. Apartó la punzada de decepción. El eterno sentimiento de culpabilidad.

Edie se estaba mordiendo de nuevo el labio inferior, y Sebastio tuvo que esforzarse por no reducir la distancia entre ambos y aplastar esa sensual boca bajo la suya, para así diluir sus recuerdos.

«Porque la deseaba».

Se censuró a sí mismo. Hacía mucho que no tenía la necesidad de ejercitar su autocontrol, en realidad nunca. Pero no podía dinamitar su exitosa aceptación en la sociedad europea porque sus hormonas hubieran decidido regresar a la vida. Retrocedió varios pasos, alejándose de ella.

–Le mostraré las demás habitaciones que deben ser decoradas...

Edie lo siguió, entrando y saliendo de diversas habitaciones, todas enormes. No podía dejar de preguntarse por qué odiaría la Navidad. Pero a fin de cuentas no era asunto suyo. No a todo el mundo le gustaban las fiestas. Para quienes no tuvieran familia podían ser tiempos difíciles. Y, si Sebastio Rivas pasaba la Navidad en Londres, quizás tuviera problemas familiares...

La impresión y la inquietud se fueron disipando a medida que se concentraba en lo que Sebastio le explicaba en cada estancia, lo que quería y, a pesar de su inicial sensación de pánico, empezó a visualizar esas habitaciones decoradas, llenas de invitados. Le sorprendió la facilidad con la que las imágenes irrumpían en su mente, considerando las proporciones.

–Entonces, ¿lo hará? –preguntó él.

Estaban en un salón de baile con puertas acristaladas que daban a una terraza que se abría a un enorme jardín perfectamente diseñado y adornado con una fuente.

¿Quería hacerlo? ¿Podría hacerlo?

Deseaba hacerlo. Supondría un gran reto, mayor que cualquier cosa que hubiera hecho jamás.

«No es solo el desafío, ¿verdad?», le preguntó su maliciosa vocecita interior.

Era por cómo ese hombre le hacía sentirse, viva y consciente. Igual que le había hecho sentirse hacía cuatro años. Como si mirarlo y conectar con él, siquiera fugaz y dolorosamente, le hubiera insuflado una energía vital. Algo que había temido no volver a sentir.

Sabía que no estaba bien sentirse así por un hombre

que la había contratado para hacer un trabajo, pero sería su pequeño y sucio secreto. A fin de cuentas, él jamás lo sabría, seguía estando completamente fuera de su alcance. Levantó la vista hacia él y alzó la barbilla.

—Si está dispuesto a arriesgarse contratándome, prometo hacerlo lo mejor posible, dentro de mis capacidades.

—No puedo pedir más —Sebastio inclinó la cabeza y sonrió levemente, antes de consultar la hora—. Pediré a mi equipo que hable con usted sobre lo de contratar a alguien que la ayude, y negociaré con su jefa de Marrotts para que permitan venir a Jimmy.

De nuevo, Edie se preguntó cómo sería tener tanto poder como para que los demás hicieran lo que quisieras, fuera lo que fuera. En menos de veinticuatro horas, Sebastio le había dado un vuelco a su vida. Desconcertante, pero también excitante.

Como si hubiera dado una orden, Matteo apareció con el abrigo y la cartera de Sebastio.

—El piloto está preparado —anunció antes de marcharse de nuevo.

—Si quiere puedo llevarla de regreso a la ciudad —le propuso Sebastio a Edie.

—¿En el helicóptero? —preguntó ella con voz chillona tras palidecer.

—¿Alguna vez ha montado en uno? —él asintió.

—No —Edie sacudió la cabeza—, pero no hace falta, señor Rivas. Tengo que quedarme y tomar algunas notas. Puedo regresar en tren.

«¡Cobarde!», le susurró su vocecita interior, aunque ella la ignoró.

Necesitaba mantener los pies en el suelo. Permanecer en el lugar al que pertenecía.

—Por favor —él puso los ojos en blanco—, podemos tutearnos. Llámame Sebastio. «Señor Rivas» me recuerda a mi padre, y está muerto.

–¡Oh! –ella sintió un estallido de compasión–. Cuánto lo siento. ¿Hace mucho?

–Hace un año –contestó Sebastio sin emoción–. No estábamos unidos –se giró para marcharse–. ¿Estás segura sobre lo del helicóptero?

Edie asintió. Ese hombre la intrigaba en exceso, y ya resultaba demasiado inquietante.

–De acuerdo. Haré que mi chófer te recoja para llevarte de vuelta a la ciudad.

–Gracias, señor... –ella se interrumpió, sonrojándose.

–Vamos, Edie, dilo –Sebastio se detuvo y le brilló la mirada–. No te convertirás en piedra.

Ella respiró hondo e intentó que su voz sonara fría e impersonal.

–Sebastio. Gracias, Sebastio.

–¿Lo ves? –él echó a andar hacia atrás–. No ha sido tan difícil, ¿verdad?

Edie frunció el ceño mientras lo veía marcharse. Se burlaba de ella. La fascinación que le despertaba debía de ser más que evidente.

Dándose media vuelta, regresó al salón y, cuando oyó el ruido del helicóptero al despegar, se negó a mirar por la ventana, segura de que desde allí aún podría ver su sonrisa burlona.

–Un poco más arriba, Jimmy. Ahí está.

Edie contempló el enorme árbol de Navidad, de casi seis metros, a los pies de la monumental escalera de mármol del vestíbulo principal. Por fin estaba decorado.

Jimmy bajó de la escalera y se colocó a su lado.

–No te parece demasiado rústico, ¿verdad? –le preguntó ella en un momento de duda.

–No, es perfecto –él sacudió la cabeza–. Original y

único. Has hecho un trabajo impresionante, Edie. Todo tiene un aspecto deslumbrante.

Ella sintió una oleada de orgullo. Pero no estaba segura de que eso fuera exactamente lo que buscaba Sebastio Rivas. No lo había vuelto a ver, y tampoco había tenido tiempo para pensar.

Jimmy carraspeó y sacudió la cabeza disimuladamente. Edie sintió que el vello de la nuca se le erizaba. Y se volvió para ver a Sebastio detrás de ella, contemplando el árbol.

Era evidente que acababa de llegar, pues llevaba puesto otro traje de tres piezas y el abrigo. Edie sintió subirle el calor desde el interior, una burla a su intento de convencerse de que la reacción del primer día había sido algo fugaz, basado en sus recuerdos.

Pero en esos momentos no le parecía nada fugaz.

Más bien parecía como si su cuerpo llevara toda la semana en estado de letargo.

−¿Por qué trabajáis en sábado? −preguntó él mientras miraba a Jimmy y a Edie.

−Solo estamos nosotros dos −contestó ella a la defensiva−. Hay mucho que hacer y es más fácil terminar las cosas cuando no hay nadie más por aquí. Jimmy ya se iba a su casa.

Jimmy la miró con una expresión de «puedo quedarme si quieres», pero ella sacudió la cabeza.

−Te veo el lunes por la mañana.

−Gracias, Jimmy.

−¿Tú no te vas a casa? −preguntó Sebastio cuando estuvieron solos.

−Bueno, todavía no tenía pensado irme. Tu primera cena es el martes −le recordó con remilgo.

−Soy consciente de ello −Sebastio sonrió fugazmente.

Edie se sonrojó. Sebastio no había dicho nada positivo sobre la decoración, pero tampoco nada negativo. De repente se le ocurrió que era sábado y que, sin duda, había llegado para pasar allí el fin de semana. Seguramente con alguien. ¿Su amante?

Mientras la idea le calaba hondo, ella se sentía cada vez más avergonzada y empezó a retroceder.

–Lo siento. Supuse que podríamos darle un repaso a todo antes de la fiesta, pero, por supuesto, has venido a pasar el fin de semana, sin duda buscando intimidad. Recogeré mis cosas...

Se dio la vuelta para marcharse, con el rostro llameante, pero su brazo quedó atrapado por una gran mano que la detuvo. Edie se volvió. Sebastio la miraba fijamente.

–¿De qué demonios estás hablando?

Edie quiso meterse en un agujero. Aquello le recordaba demasiado a otro momento y lugar. «Lárgate»... y lo cierto era que no tenía ningunas ganas de verlo besar a la sin duda hermosa mujer que se hubiera llevado para pasar el fin de semana. Lo cual no era asunto suyo.

–Es evidente que buscas intimidad para el fin de semana.

–¿Qué...? –él frunció el ceño mientras sacudía la cabeza.

Edie estaba claramente enfadada, más que avergonzada. Se soltó el brazo.

–Déjame que me vaya a casa y te dejaré solo con tu... invitada.

De nuevo echó a andar hacia la puerta, pero su voz la detuvo.

–Edie, para.

Ella obedeció a regañadientes. Sebastio se colocó delante de ella y, a pesar de sus esfuerzos, cada músculo de su cuerpo se contrajo ante su presencia, su evocador olor. Era muy humillante.

–¿Estás insinuando que he venido con alguien? –él frunció el ceño.

Parecía tan sorprendido que, durante unos segundos, ella se limitó a mirarlo.

–¿No es así?

Él sacudió la cabeza y una curiosa expresión asomó a su rostro, mitad enfado, mitad frustración.

–No –contestó al fin–. Estoy solo.

Definitivamente, Edie quiso que se la tragara la tierra. Acababa de hacer un terrible ridículo.

–Lo siento –tragó nerviosamente–. Yo... supuse...

–Bueno, pues supusiste mal –Sebastio parecía algo triste–. Y si te he preguntado qué hacías aquí es porque no deberías dedicar los fines de semana a trabajar.

Sebastio contempló a Edie y vio las mejillas arreboladas. Se sintió furioso y luego excitado. ¿Por qué tenía siempre la sensación de haberla insultado?

La semana anterior había encadenado una serie de actos sociales y por eso no había regresado a su casa. En otras circunstancias no le habría preocupado, pero sabiendo que ella estaba allí...

La noche anterior la había pasado en París, en un exclusivo baile benéfico, rodeado de la flor y nata de la sociedad europea. La gente más hermosa del mundo. Desde luego, las mujeres más hermosas. Todas intentando captar su atención, pero ninguna despertando su libido como ella.

En cuanto había entrado en la casa y la había visto, el deseo había resurgido. Poniéndolo duro.

Pero también se había dado cuenta de unos oscuros círculos bajo sus ojos.

–Pareces cansada –observó con voz ronca.

La mirada de Edie relampagueó y Sebastio sintió perversamente que su conciencia se calmaba.

–He tenido una semana ocupada. Todos hemos trabajado muchas horas para acabar a tiempo, y con el viaje diario en tren...

—¿Tren?

—Bueno, sí —ella asintió.

—¿Dónde vives?

—Al norte de Londres —Edie parpadeó, como si la pregunta la hubiera sorprendido—. En Islington.

Sebastio soltó un juramento. Tanto hubiera dado que viviera en París. Aunque su chófer la llevara de casa al trabajo a diario, seguiría siendo un largo viaje. Era normal que pareciera cansada.

—Te mudarás a esta casa hasta que finalice tu contrato —le anunció súbitamente.

Capítulo 3

TE MUDARÁS a esta casa...». Edie se sintió espantada. No había sido una propuesta.

Sebastio la miraba como si disfrutara con su reacción.

—Tienes un rostro muy expresivo —le dijo pensativamente—. Resulta de lo más refrescante.

Edie frunció el ceño y se cruzó de brazos. No le gustaba que le recordara lo torpe que debía de parecerle, siempre rodeado de mujeres sofisticadas que ocultaban sus emociones.

—¿Siempre eres así de mandón?

—Creo que es mi deber asegurar tu salud y seguridad —él reprimió una sonrisa.

Edie lo miró con recelo. El trayecto diario era muy largo. Jimmy le había ofrecido su sofá. Él vivía al sur de Londres y Richmond estaba cerca. Pero ella prefería dormir bien unas horas.

Sebastio esperaba una respuesta. Lo había dicho en serio.

—No puedo mudarme a esta casa —Edie descruzó los brazos—. No es... no está bien.

—¿Y eso quién lo dice?

—¡Yo! —exclamó ella.

—Yo casi nunca estoy, si es eso lo que te preocupa.

—Es que no me parece bien —pero antes de poder cerrar su ágil bocaza, añadió—: ¿Para qué comprar una propiedad como esta si casi nunca estás aquí?

Sebastio se tensó. Nadie lo cuestionaba jamás. Y la pregunta de Edie le había llegado a lo más hondo. Había comprado esa propiedad por miles de razones, sobre todo por disponer de un lugar privado, respondiendo a una necesidad de ocultarse del mundo y de su eterno sentimiento de culpabilidad. Pero también por sus posibilidades para celebrar fiestas. Y su exclusividad.

«Pero eso no son más que motivos», susurró su burlona vocecita interior.

Sebastio odiaba admitir que, a pesar de que nunca había tenido sensación de hogar, quería crear uno. Un lugar en el que hallar algo de paz y expiación. Él, que no se merecía ninguna.

No tras burlarse de Víctor y Maya por su feliz idilio, instantes antes de acabar con él.

—Eso no es asunto tuyo —contestó con más dureza de la que pretendía.

—Lo siento —Edie sintió que se había pasado de la raya—. Por supuesto que no es asunto mío.

—Escucha, resulta mucho más práctico que te alojes aquí durante las próximas dos semanas.

Sebastio sonaba de lo más razonable. Si insistía en sus protestas parecería ridícula. Y quizás él empezaría a preguntarse por qué se mostraba tan reacia.

—De acuerdo —concedió al fin—. Tienes razón. Lo que dices tiene sentido.

—Muy bien —Sebastio asintió—. Mi chófer te llevará a casa y te traerá de vuelta con tus cosas.

—¿Hoy? —el corazón de Edie falló un latido—. Pero no hay necesidad de...

—¿Por qué no trasladarte hoy? —la interrumpió Sebastio—. Así dispondrás del fin de semana para descansar. Aquí hay gimnasio y piscina. Disfruta de ello mientras puedas.

Edie cerró la boca. Había oído hablar del gimnasio

y la piscina, pero no había tenido tiempo de explorar. Vio la expresión obstinada de Sebastio. Discutir no tenía ningún sentido.

–De acuerdo.

Una mirada de diversión cubrió las atractivas facciones, elevándolo de guapísimo a devastador.

–No hace falta que me lo agradezcas tanto.

Edie volvió a sonrojarse. Ese hombre parecía sacar lo peor de ella.

–Claro que te lo agradezco. Es muy generoso por tu parte.

Unas cuantas horas más tarde, Edie estaba de pie en su nuevo dormitorio, asimilando el hecho de que iba a compartir casa con Sebastio. Hizo una mueca. En realidad no podía llamarse casa cuando había sitio para una docena de equipos de fútbol y sus aficiones.

El dormitorio era suntuoso y a la vez discreto, decorado en tonos azules y grises. Una enorme cama lo dominaba todo y tenía un lujoso cuarto de baño y vestidor.

Edie había colgado las escasas prendas que se había llevado, pero las dimensiones del vestidor, hecho para relucientes trajes y cientos de pares de zapatos, hacían que parecieran aún más deslucidas y patéticas.

El encuentro con Sebastio cuatro años atrás le había afectado más de lo que quería admitir. Básicamente, en su percepción de la feminidad y su atractivo para los hombres. ¿Por eso siempre retrocedía ante las citas?

«O a lo mejor», sugirió su maliciosa vocecita interior, «ninguna de esas citas eran Sebastio».

La idea le asustaba demasiado para considerarla. No podía estar subyugada por un hombre al que solo había visto unos minutos.

La noche que había conocido a Sebastio se había

sentido como pez fuera del agua, a pesar de su alegría al saberse curada. Muchas emociones se mezclaban en su interior. Sus amigos habían querido compensarla por la fiesta de graduación que se había perdido.

Y por eso había conectado con Sebastio. Él también le había parecido un poco perdido. Pero solo había proyectado sus sentimientos sobre él.

Y no debía olvidarlo. Estaba allí para trabajar, no para soñar con vestidos de seda colgados de su vestidor. El que Sebastio insistiera en alojarla allí, no la convertía en parte de su mundo.

El lunes por la mañana, Sebastio estaba de pie ante la ventana de su despacho, observando a Edie con su equipo. Sonreía y se reía por algo, y él deseó que sonriera y se riera así por él.

Lo había estado evitando durante el fin de semana.

Le había pedido que lo acompañara para cenar, pero ella ya había cenado.

Se había cruzado con ella camino del gimnasio. Sus mejillas estaban sonrosadas y los cabellos húmedos, y Sebastio se había preguntado cómo sería su aspecto en las postrimerías de la pasión.

Mientras Edie desaparecía de su vista, Sebastio se apartó de la ventana y aplastó el deseo que crecía en su interior. Edie Munroe no era para él. Era demasiado sana, ¿y desde cuándo le atraían las personas sanas? Lo único de lo que nadie podía acusarlo era de seducir a inocentes.

Y Edie lo era. Hasta qué punto, no estaba seguro, y no tenía intención de averiguarlo.

La noche de la primera fiesta, Edie estaba en su habitación, viendo llegar a los invitados. Casi todos los decoradores se habían marchado, pero ella permanecía allí para asegurarse de que todo siguiera intacto, y Jimmy la ayudaría a recomponer la decoración después de cada fiesta. Los demás no volverían hasta después de Navidad, para retirar la decoración.

Sebastio había inspeccionado el vestíbulo principal y las demás habitaciones, pero no había mostrado ni agrado ni disgusto ante la fantasiosa decoración diseñada por Edie. Su reacción le había puesto nerviosa. Había empleado ramas, hojas y viñas de los bosques circundantes para elaborar un centro de mesa, intercalado con velas y bayas. Más rústico que tradicional.

El enorme árbol de Navidad era, seguramente, lo más tradicional y opulento de allí, y al encender las luces, todo el mundo había exclamado. Pero Sebastio solo lo había mirado.

Al menos sí había felicitado al equipo, aunque no a ella personalmente.

–Habéis hecho un trabajo fantástico, gracias.

Todos se habían ido sonrientes y con mirada soñadora. Pero Edie se había sentido desanimada. Habían hecho un enorme trabajo para tener la casa lista a tiempo. Pero Sebastio nunca había ocultado que lo hacía solo para la galería. Odiaba la Navidad. Y ella solo era una empleada.

El que Sebastio la hubiera convencido para que aceptara el encargo, y le hubiera proporcionado alojamiento solo tenía por objeto facilitarle el trabajo.

Durante todo el fin de semana, aunque había hecho todo lo posible por apartarse de su camino, había sentido una vibración recorrer su cuerpo, demasiado consciente de su cercanía.

Matteo le había llevado la invitación de Sebastio para que cenara con él, pero Edie había supuesto que solo intentaba ser amable y había dicho que no. Además, la idea de compartir un espacio privado con ese hombre la aterrorizaba y excitaba a partes iguales.

Edie oía débilmente la música, tocada por un cuarteto de cuerda, en el vestíbulo principal, donde a los invitados se les ofrecería champán. También oía voces y risas.

No fue hasta un buen rato después cuando Edie se dio cuenta de que tenía una mano presionada contra el pecho para calmar la opresión. Le mortificaba reconocerlo, pero sentía envidia. Mucha. Durante su enfermedad había soñado con vivir una noche así, siendo y sintiéndose preciosa, del brazo de un atento y atractivo hombre.

Cuando Edie se despertó, horas después, ya no se oía nada. Sabía que no iba a dormirse rápidamente, obsesionada porque había olvidado enviar algunos mensajes a sus proveedores.

Se levantó y se puso una bata sobre el pijama. Bajaría al despacho, enviaría los correos electrónicos y estaría de vuelta en la cama en menos de diez minutos.

Mientras bajaba en la casa sumida en la penumbra, se imaginó la expresión burlona de Sebastio si la viera en pijama. Sin duda las mujeres a las que se llevaba a la cama no llevarían nada más que perfume. ¿Habría alguna en su cama en esos momentos?

Edie soltó un gruñido. «¡Deja de pensar en él!».

Entró en el despacho y se acercó al ordenador, sentándose mientras lo encendía. En un par de minutos ya había enviado los mensajes, pero sus dedos se deslizaban por las teclas.

¿Por qué odiaba tanto Sebastio la Navidad?

Esa y otras preguntas rondaban la mente de Edie, que no pudo contenerse.

Rápidamente tecleó el nombre de Sebastio. Lo primero que apareció fue un titular de prensa:

¡Trágico choque frontal se lleva la vida de Maya Sánchez y deja paralítico a Víctor Sánchez!

Edie pulsó sobre el enlace y leyó con creciente horror el relato del accidente que había matado a la esposa, embarazada, del mejor jugador de rugby de Argentina, dejándolo a él paralítico.

El conductor era Sebastio.

Que, al parecer, había salido ileso.

Había sucedido hacía cuatro años, justo antes de Navidad. Poco después del encuentro en el club nocturno.

Se había retirado inmediatamente del deporte, evidentemente traumatizado. La investigación había concluido que el conductor del otro coche, también fallecido, triplicaba la tasa de alcohol.

Sebastio había sido absuelto de toda responsabilidad. Pero Edie no creyó que fuera tan sencillo.

En ocasiones creía ver una sombra cruzar su rostro. ¿Explicaría eso su rechazo a la Navidad?

Había otro enlace para un vídeo, y Edie lo pulsó. En pantalla apareció Sebastio, con aspecto demacrado y ojeroso. La entrevista era en español, subtitulada.

–«Aquella noche conducía yo» –decía Sebastio–, «yo soy el responsable de lo sucedido».

–¿Ya has oído bastante?

Edie casi saltó hasta el techo al oír esa misma voz a sus espaldas. Rápidamente paró el vídeo y se levantó, volviéndose hacia Sebastio, apoyado contra una puerta que quedaba disimulada en la pared, facilitándole a Sebastio una clara visión de lo que había estado contemplando.

Llevaba puesto un esmoquin, sin duda impecable,

pero que en esos momentos lucía con la pajarita suelta y los primeros botones de la camisa desabrochados. Edie se quedó sin aliento.

En la mano sujetaba una copa con un líquido dorado oscuro y entre ellos se estableció una peligrosa energía que hizo que a Edie se le pusiera el vello de punta. No de miedo, sino de consciencia. Y deseo. Un deseo tremendo y desesperado.

Le ardía tanto el rostro que ni siquiera podía fingir indiferencia.

—No vine aquí para curiosear —fue lo único que pudo decir—. Tenía que enviar unos correos.

—¿Después de medianoche? —él enarcó una ceja—. Eso es llevar la diligencia al máximo extremo.

—No podía dormir —Edie ignoró su tono sarcástico—, y recordé que tenía que haberlos enviado.

Pero mientras lo miraba no era en los correos en lo que pensaba. No podía apartar de su mente esa horrible imagen de hierros retorcidos. ¿Cómo había podido salir ileso? ¿Era una clase de ser inmortal? ¿Y por qué había asegurado ser el responsable cuando el otro conductor iba borracho?

—No pudiste evitarlo —Sebastio entró en el despacho—. Todos quieren conocer los detalles escabrosos, incluso tú.

Edie se sorprendió ante el amargo cinismo de su voz, y algo más indefinible... ¿Dolor?

Sintió el impulso de defenderse, pero comprendió que no podía. Pues él tenía razón.

—Lo siento —su innato sentido de la sinceridad tomó el mando—. Me preguntaba por qué odiabas tanto la Navidad. No debería haber sido tan entrometida.

Él hizo un ruido desagradable y se colocó frente al escritorio.

—Dado que sientes tanta curiosidad, te contaré algo

que no encontrarás en Internet. Ya odiaba la Navidad antes del accidente porque, aparte de unos cuantos años de mi infancia, siempre las pasaba con las niñeras. Y, cuando mis padres protagonizaron el divorcio más sonado y amargo de Argentina, me enviaron a un internado de Suiza.

Cuando Sebastio concluyó se produjo un pesado silencio. No podía creerse lo que acababa de soltar. Pero la ira y una sensación de traición, que aún perduraba, lo había empujado a ello.

En realidad, se sentía expuesto. Había pasado toda la tediosa velada recriminándose por no haber invitado a Edie a la cena, imaginándosela allí, con un vestido de seda, y no había prestado atención a la conversación de sus invitados.

Pero al seguir el sonido hasta el despacho y descubrirla concentrada en las imágenes de su destrozado pasado, se había sentido como si ella le hubiese abierto de nuevo la herida.

Y al mismo tiempo era muy consciente de que solo llevaba puesto un pijama bajo la fina bata. Sus cabellos estaban deliciosamente revueltos, los ojos adormilados. Quizás dijera la verdad...

—Lo siento, Sebastio, no debería haber bajado.

La ronca voz arañó los nervios de Sebastio. Y entonces lo vio en las profundidades de sus ojos azules. Simpatía. Compasión. Frotándole esos nervios. Tentándolo. Porque, a pesar de todo, y a pesar de encontrarla allí, la deseaba con una ferocidad que se negaba a obedecer a su razón.

Necesitaba deshacerse de esa simpatía y compasión. No se la merecía. Quería ver algo más explícito y terrenal. Deseo. El mismo que discurría por sus propias venas.

Con una creciente sensación de desesperación sintió la necesidad de saber que ella también lo deseaba. Que él no era el único que se estaba volviendo loco. Era lo único que podría apaciguarlo.

Redujo la distancia entre ambos y vio reflejada la sorpresa en la mirada de Edie, aunque no retrocedió. Algo en el interior de Sebastio aullaba con masculina satisfacción.

Se acercó un poco más. Hasta oler su perfume. Delicado, aunque no floral. Contradictorio. Enigmático. Seductor. Tironeando de retazos de su memoria que no conseguía identificar. Le hacía sentirse fuera de juego. Como si ella supiera algo que él desconociera.

Sebastio estaba paralizado por un ansia y un deseo que no había experimentado en mucho tiempo, nunca. Rugía por su cuerpo, incendiándolo mientras regresaba dolorosamente a la vida.

–Dime que tú también lo deseas... –Sebastio soltó la copa y alargó los brazos.

Sus manos agarraron los brazos de Edie. Ella estaba paralizada. En cuestión de segundos, la tensión en la habitación había cambiado por completo. No podía moverse. Sebastio la miraba con una expresión de deseo tan salvaje que no se lo podía creer.

«La deseaba».

Una sensación terroríficamente exultante hacía que su pecho se expandiera.

–¿Edie...?

Estaba esperando su respuesta. Edie sabía que debería apartarse. Había un millón de razones por las que Sebastio no debería saber lo susceptible que era ante él. Pero en esos momentos no se le ocurría ninguna.

–Sí... –contestó con voz temblorosa.

Una expresión de satisfacción masculina asomó a los ojos grises. Sebastio le rodeó el cuello con una mano, sujetándola. Le acarició la barbilla con el pulgar. A Edie jamás se le habría ocurrido que su barbilla fuera un punto sensible, pero un estremecimiento le recorrió todo el cuerpo.

Sebastio la atrajo hacia sí. Estaban tan cerca que ella sintió su cuerpo tocando el suyo. Estaba fascinada por su boca, los sensualmente esculpidos trazos.

Él agachó la cabeza, y su boca cayó sobre la suya, firme, ardiente y... electrizante.

Durante años, Edie había tenido un sueño recurrente de lo que podría haber sido si él la hubiera besado en ese club. Pero ningún sueño podría acercarse a esa realidad.

Sebastio la apretó contra su cuerpo. Todo lo que ella sentía era el calor y la acerada fuerza. No había ni un atisbo de dulzura por ninguna parte, pero no la intimidaba, la excitaba.

En esa ocasión no se estaba cerrando. Al contrario. Estaba floreciendo como una flor al sol.

Él se apartó y a Edie le llevó una eternidad poder abrir los ojos. Y solo vio un torbellino gris.

–Déjame saborearte...

Ella no sabía muy bien a qué se refería, hasta que volvió a posar sus labios sobre los suyos y la empujó a abrir la boca, a dejarlo entrar. Sebastio Rivas era un experto. Le levantó la barbilla y la exploró con una delicadeza y profundidad que la mareaba.

Nada de lo que ella hubiera experimentado jamás podría haberla preparado para ese sensual ataque. Le temblaban las piernas y se agarró a la camisa, como si así evitara caer al suelo. Lo exploró torpemente, mordisqueándole el labio inferior, deleitándose con su carnosa firmeza.

Sebastio sabía tan bien como esperaba, y Edie quiso más. Mucho más. Las sensaciones que recorrían su cuerpo eran abrumadoras. Y no sabía cómo manejarlas.

Y en ese instante, la fría realidad regresó a su cerebro. Recordándole quién era ella, quién era él.

Apoyó las manos sobre su pecho y lo empujó con

toda su fuerza de voluntad. Él apartó los labios de su boca y Edie respiró entrecortadamente. Retrocedió un paso y se zafó del abrazo.

–¿Qué estamos haciendo? –preguntó, sintiendo su lengua demasiado grande para su boca.

–Demostrar que me deseas.

Algo se enfrió en el interior de Edie. No había dicho que él la deseara. No le sirvió de consuelo ver sus ojos chispeantes ni las mejillas arreboladas. Era el reflejo del triunfo, no del deseo.

–Esto es de lo más inapropiado –puntualizó con la mayor frialdad posible–. Eres mi jefe.

–En realidad –contestó él en tono despreocupado–, técnicamente no lo soy. Eres la empleada de una empresa subsidiaria del Rivas Bank, encargada de contratar personal en Inglaterra.

–Firmé un contrato contigo.

–Directamente no –Sebastio inclinó la cabeza–. Eres empleada de Azul Incorporated, su nombre proviene de una isla que poseo frente a la costa de Argentina: Santa Azul.

«Es dueño de una isla. Cómo no».

–Sigue siendo inapropiado –insistió ella secamente.

–¿Y nunca antes habías hecho nada inapropiado?

Edie sintió una opresión en el pecho. «No, nunca», porque había enfermado a la edad a la que sus amigos empezaban a probar los límites, desafiando a sus padres. Y tampoco era de las rebeldes.

Y entonces vio algo cambiar en el gesto de Sebastio, su expresión cerrándose.

–Tienes razón –concedió fríamente–. Deberías volver a la cama, Edie.

«Lárgate».

Quizás no fueran las mismas palabras, pero la intención era la misma. Edie no podía creerse que hubiera vuelto a caer en lo mismo. Su excitación la humillaba. Otra vez no.

–¿Qué pasa? ¿Te gusta probar que las mujeres te desean, como castigo por sus pecados?

–¿De qué estás hablando? –él frunció el ceño.

–Me besaste porque estabas enfadado –Edie deseó haber abandonado la habitación cuando había tenido la oportunidad–. Querías humillarme.

Los ojos grises brillaron con algo más peligroso.

–¿Crees que beso a las mujeres que me resultan atractivas solo para demostrar algo?

–¿Quieres decir que...? –el corazón de Edie se golpeó contra el pecho, incapaz de decirlo.

–¿Quiero decir que te deseo? –la expresión de Sebastio era severa–. Creía que era obvio.

–Yo creía que estabas enfadado conmigo –ella se sintió embriagada.

–Y lo estaba, pero sigo deseándote. Me detuve porque, si no lo hubiera hecho, ahora mismo estaríamos haciendo el amor sobre el escritorio, y no sé si estás preparada para eso.

«¿Tan evidente era su inexperiencia? ¿Lo sabía?».

Debía admitir que habría sido más fácil para ella odiar a Sebastio por humillarla que enfrentarse al hecho de que la deseaba.

Sebastio tenía razón. No estaba preparada para eso.

–Me vuelvo a la cama –ella se apartó–. Esto no volverá a repetirse.

Se dio la vuelta para marcharse antes de hacer aún más el ridículo.

Pero justo cuando salía de la habitación le pareció oír la susurrante voz de Sebastio.

–Yo no estaría tan seguro de eso.

Edie subió los escalones de dos en dos mientras se decía a sí misma que a la mañana siguiente Sebastio habría achacado lo sucedido a un momento de locura provocado por unas emociones alteradas. Y de ninguna manera iba a exponerse revelando lo que le había afectado el beso.

Sebastio se quedó mirando fijamente el espacio antes ocupado por Edie. Aún veía el color arrebolado de sus mejillas y la expresión de susto de su mirada.

Había requerido de todo su control para detenerse. Había notado algo en su respuesta, inexperiencia, ingenuidad, que había atravesado la ardiente nebulosa de su cerebro.

No se parecía a las mujeres que solían atraerlo, o que le habían atraído. La mayoría de las mujeres, cuando se daban cuenta de su interés, se lanzaban sobre él, pero Edie había retrocedido. Y no creía que formara parte de su juego, aunque sería una estupidez subestimar a una mujer.

No había subestimado a una mujer en su vida. Había aprendido a no hacerlo de su madre, que lo había utilizado como peón en la amarga disputa contra su padre.

Y la primera mujer con la que se había acostado le había enseñado su primera lección.

—Las mujeres te querrán por tu dinero y tu éxito —le había dicho—. El hecho de que seas obscenamente guapo solo lo hace más agradable. No lo olvides nunca. ¿Amor y romance? En nuestro mundo no existe tal cosa, querido. Solo el éxito y la supervivencia.

Y nada de lo que Sebastio había experimentado desde entonces le había hecho cambiar de idea.

«Salvo Víctor y Maya...».

Una vívida imagen de los dos riéndose y bailando en su boda apareció en su mente, acribillándolo.

Edie le recordaba a Maya. Tenía el mismo gesto abierto y feliz. Nada cínico.

Otro recuerdo se abrió paso en su mente: Maya bromeando con él desde el asiento trasero del coche.

–Víctor opina que eres un caso perdido, pero yo no. Creo que hay esperanza para todo el mundo, incluso para ti, Sebastio. Algún día conocerás a una mujer que no caerá rendida a tus pies. Y hará que se derrita ese cínico bloque de hielo que llamas corazón...

La había mirado por el espejo retrovisor, fijándose en los chispeantes ojos marrones.

–Eso nunca va a suceder, Maya –le había contestado.

Y justo en ese instante el mundo había estallado en un millón de pedazos, mientras afirmaba su cinismo ante una mujer que solo irradiaba alegría y amor. Y la había matado. Y a su bebé.

Sebastio despertó de su ensoñación y posó la mirada sobre la pantalla del ordenador, congelada en su rostro demacrado. Alargó una mano y lo apagó, aplastando brutalmente otros recuerdos que amenazaban con asomar a la superficie.

Le sorprendió comprobar que le temblaban ligeramente las manos. Tomó de nuevo la copa y apuró de un trago el whisky, agradeciendo el ardor de la garganta. Como si con ello pudiera eclipsar la enmarañada mezcla de recriminación y deseo de su cuerpo. No funcionó.

Regresó a su despacho y se sirvió otro whisky. Mientras se lo bebía se obligó a olvidar el poderoso sabor de Edie en su boca, y el provocativo recuerdo de sus delicadas curvas apretadas contra su cuerpo. Y el modo tan dulce en que se había abierto a él.

Soltó un juramento. Porque lo único en lo que podía pensar era en cómo podía abrirle otras partes de su cuerpo y permitirle hundirse en ese sedoso abrazo, perderse para siempre.

Capítulo 4

DOS DÍAS más tarde, Edie se notaba nerviosa. Había enviado a Jimmy a su casa antes de hacer unas comprobaciones de última hora para el cóctel informal de aquella noche.

Sebastio llevaba dos días, con sus noches, en la ciudad, pero acababa de verlo llegar en un todoterreno.

Aún no podía creerse que la hubiera besado. Parecía un sueño.

Matteo apareció en la puerta y ella se sonrojó al ser pillada curioseando.

—El señor Rivas te ha dejado una cosa en tu habitación, Edie.

—Gracias, Matteo.

Al entrar en el dormitorio vio dos cajas, negras y brillantes, sobre la cama. Se acercó con recelo y abrió primero la más grande.

Contenía un vestido, de raso verde azulado. Al sacarlo de la caja suspiró complacida. Era un vestido de cóctel, informal, pero sexy. Le llegaba a la rodilla y tenía una abertura en la espalda.

Era precioso, tan suave que casi se resbaló de sus manos. Jamás se había atrevido con ese color.

En la otra caja encontró unas sandalias de tacón alto, de tiras color crudo.

Entonces vio el sobre. Sacó una gruesa cartulina y leyó:

Me gustaría que aceptaras mi invitación al cóctel de esta noche, Edie.

SR

¿Formaba parte de alguna estrategia? ¿Seducirla con hermosas prendas que le hicieran suspirar antes de volver a decirle que la deseaba? ¿O de volver a besarla?

Si la besaba, sus palabras asegurando que no volvería a suceder quedarían en papel mojado.

«¿Por qué te resistes?», le preguntó su vocecita interior.

Porque, contestó, había desarrollado un elevado sentido de protección tras enfrentarse a la muerte, y todo le decía que Sebastio Rivas la destrozaría si le permitía acercarse demasiado.

«Pero merecería la pena», susurró la maliciosa voz.

¿En serio? Sebastio no tenía ni idea de su inexperiencia, y ella no iba a exponerse más de lo que ya lo había hecho. Era un hombre duro, mundano y cínico, y Edie sabía muy bien por qué.

En realidad, Edie no le importaba. Tomaría lo que buscaba y la dejaría tirada.

Pero no podía evitar sentir cierto deseo. Por ir a la fiesta, fingir un instante que era como esa gente. Sentir la mirada de Sebastio sobre ella, imaginarse que era la clase de mujer digna de él.

Durante un instante se imaginó a sí misma en un escenario en el que valientemente se acercaba a Sebastio y confesaba que lo deseaba. En el que le permitía arrebatarle la inocencia.

«No», se dijo a sí misma. No estaba preparada para la humillación cuando él lo descubriera.

Pero, a pesar de todo ello, no podía soltar el vestido. Se acercó al espejo del vestidor y lo sujetó sobre su cuerpo. El color hizo que sus ojos y sus cabellos destacaran espectacularmente. Ya se imaginaba la sensación de llevarlo. Sintió un cosquilleo en la piel.

Maldijo a Sebastio. Él no podía saber lo tentador que era ese vestido para alguien como ella.

Experimentó una sensación de fatalidad, pues sabía que no tenía fuerzas para resistirse.

Sin cuestionarse demasiado, se duchó y se probó el vestido. Le encajaba como una segunda piel, marcando unas curvas que ni siquiera era consciente de tener.

El escote de pico, envolvente, dejaba al descubierto más piel de la que había mostrado jamás.

Lo apartó para contemplar la cicatriz justo por debajo de la clavícula. Allí le habían administrado la quimio durante el prolongado tratamiento. Solo quedaba una inocente línea roja, que no hacía justicia al dolor y el trauma que representaba.

Fuera se había hecho de noche. Se acercó a la ventana y vio llegar los elegantes coches.

¿Qué daño podía hacerle asistir a la fiesta? Sebastio era demasiado sofisticado para considerarlo una aceptación. Estaba jugando con ella. La deseaba, pero no iba a mostrarlo ante los demás.

Sebastio intentaba concentrarse en la conversación que mantenía con uno de los gestores de fondos más importantes de Gran Bretaña, pero no podía apartar la mirada de la puerta del salón.

«¿Vendrá?».

Llevaba dos días de intensas reuniones en la ciudad, inusualmente distraído. No podía sacarse ese beso de la cabeza, y su deseo no había hecho más que aumentar.

Le había pedido a uno de sus ayudantes que le comprara a Edie un vestido para la fiesta. Cediendo a su fantasía de verla vestida de seda y raso. Sin duda estaba perdiendo la cabeza.

Sintió una punzada de anticipación y, por enésima vez, miró hacia la puerta. Allí estaba. El corazón le falló un latido. El vestido parecía de seda líquida. Bajo la fina tela se marcaban los pezones, era más provocativo que el vestido más transparente que hubiera visto jamás.

Tenía las piernas delgadas y torneadas, los pies delicados. Estaba tan hermosa que a Sebastio le rugía la sangre. También se la veía enternecedoramente insegura. Y eso le provocó una sensación mucho más peligrosa que el deseo. Emoción.

−¿Quién es esa? −preguntó el hombre con el que había estado hablando.

−Discúlpame −contestó él secamente.

Las cabezas se volvían, los susurros se intensificaban. Cerca de la puerta, un hombre parecía a punto de abordar a Edie, pero Sebastio se acercó mientras lanzaba miradas de advertencia a ese hombre, y a todos los demás, para que se apartaran. Hacía años que no había practicado un placaje, pero sus músculos se prepararon para apartar al que se interpusiera en su camino.

Cuando se detuvo frente a ella, Sebastio se encontró extrañamente sin palabras.

−Gracias −Edie señaló el vestido−. Te lo pagaré, o lo lavaré para que puedas devolverlo.

−Es tuyo −él agitó una mano en el aire−. Por favor, únete a nosotros.

Cuando Edie entró en el salón, Sebastio tuvo una sensación de triunfo, como si supiera lo cerca que había estado de no asistir.

La había besado, le había dicho que la deseaba, pero ella se había apartado, asegurándole que no volvería a suceder. Pero allí estaba. Y él aún la deseaba.

Posó una mano sobre su espalda, y sintió la sedosa

piel. Edie se tensó bajo su mano, pero él la empujó hacia delante, temeroso de que echara a correr.

Tuvo una visión en la que deslizaba su mano por el interior de la abertura hasta cubrir con ella uno de sus respingones...

–¿Champán, señor?

La interrupción del camarero no fue bienvenida, pero sí necesaria. Sebastio apartó la mano de la espalda de Edie y tomó dos copas, ofreciéndole una antes de guiarla hasta un tranquilo rincón.

–Salud –brindó.

Ella lo imitó y tomó un sorbo del espumoso vino, arrugando la nariz ligeramente. Se la había imaginado en ese contexto, pero su imaginación se había quedado muy corta en cuanto a su elegante y clásica belleza. Los cabellos cortos resaltaban la osamenta y el delicado cuello.

–¿Qué pasa? –Edie lo miró, sonrojándose ligeramente–. ¿Tengo algo en la cara?

Él sacudió la cabeza, maravillado ante su inocencia, mientras su parte más cínica le aseguraba que tenía que ser puro teatro. En su cabeza su voz interior le advertía de que lo estaba manipulando.

–Eres muy hermosa –susurró él, ignorando esa voz.

Edie se sonrojó violentamente. Si estaba actuando, se merecía un premio.

–En realidad yo no... pero gracias.

Edie quería encogerse ante la intensa mirada. Ningún hombre la había mirado jamás así.

Al llegar al salón había estado a punto de darse media vuelta y marcharse, intimidada por tanta gente rica. Aunque no iban vestidos tan formalmente como en la primera fiesta, intimidaban.

Enseguida había visto a Sebastio, mucho más alto que los demás. No llevaba esmoquin, pero no dejaba de estar impresionante con ese traje de tres piezas.

Sus miradas se habían fundido y, antes de que pudiera entrarle el pánico, él se le había acercado. Y, antes de darse cuenta, cruzaba el salón con él.

Sin embargo, se sentía cohibida. Desesperadamente. Como si todos los presentes pudieran ver a través del bonito vestido, y saber que era inexperta y torpe.

¿Por qué la había invitado Sebastio? ¿Porque sabía que, a pesar de sus valientes palabras, lo deseaba con una fuerza que bordeaba la desesperación? ¿Porque sabía que sería fácil de seducir?

La más leve caricia de su mano sobre la espalda había bastado para que se le acelerara el pulso. Sentía los pezones tensos y duros contra el sujetador. ¿Se le veían bajo la delicada seda?

Una oleada de vergüenza ascendió por su cuerpo. No debería haber cedido a la tentación de ponerse ese vestido y asistir a la fiesta.

Estaba a punto de excusarse y marcharse cuando Sebastio le susurró al oído:

—Te deseo, Edie.

Ella lo miró. No le cabía duda de que era cierto. Las palabras desencadenaron en su cuerpo una serie de sensaciones. El calor cosquilleaba bajo su piel, húmedo entre las piernas.

Durante un instante se fundieron pasado y presente, y la humillación que Edie había sentido cuatro años atrás resurgió dolorosamente. Sonaba despreocupado, como si se pasara la vida diciéndoles a las mujeres que las deseaba. ¡Y por supuesto que lo haría! Era un amante consumado. Lo había visto en acción hacía cuatro años, rodeado de bellezas.

En esos momentos se sentía más que expuesta, como si se le hubiera metido en la cabeza, arrancando sus más profundos deseos y fantasías para burlarse de ella. Porque podía.

Y desde ese lugar de dolor y humillación, Edie habló sin pensar en lo que decía:

—No pienses que me debes algo porque me rechazaras hace cuatro años...

Las palabras quedaron suspendidas entre ellos. Sebastio frunció el ceño.

—¿Rechazarte? ¿De qué hablas? Hace cuatro años ni siquiera te conocía.

—Da igual —balbuceó Edie, presa de un repentino pánico—. Olvida lo que he dicho.

Intentó marcharse, pero Sebastio la agarró del brazo, reteniéndola. Y justo entonces dos hombres se acercaron a ellos. Él les dijo algo y se apartaron. Miraban a Edie con curiosidad y ella aprovechó para soltarse.

Sebastio sin duda se había percatado de su intención, pues se colocó frente a ella.

—No te marches. Esta conversación aún no ha terminado, Edie.

«Desde luego que sí», pensó ella.

—Olvida lo que he dicho. Ha sido una tontería —le aseguró mientras se apartaba.

—Edie... —el tono de Sebastio era de advertencia, tenía el ceño fruncido.

Antes de que pudiera volver a tocarla, Edie huyó. Cruzó el vestíbulo y entró en la biblioteca.

Acercándose a una ventana, se abrazó la cintura. Fuera, caían unos gruesos copos de nieve, pero apenas se dio cuenta.

«¿Qué he hecho?», se preguntó mientras el corazón le latía alocado. Lo último que quería era llamar la atención de Sebastio sobre el hecho de que ya se conocían.

Nunca había esperado volverlo a ver ni, desde luego, encontrarse en una situación en la que se produjera esa explosiva química entre ellos. Se parecía tanto a sus fantasías que sin duda él se había enterado, y se burlaba de ella, porque no podía desearla realmente.

«El beso de la otra noche no parecía una fantasía, sino muy real». Edie se estremeció.

Oyó algo en el vestíbulo principal, pero temía encontrarse con Sebastio si salía. De modo que se escondió en la biblioteca y se dijo a sí misma que a la mañana siguiente regresaría a su casa.

Había fantaseado con ser su pareja, pero sabía que ella no era pareja para ese hombre.

Sebastio encajó la mandíbula, frustrado e irritado. Acababa de despedir al último de sus invitados y estaba parado delante de la puerta del dormitorio de Edie.

No podía creerse que hubiera huido envuelta en un halo de seda verde, como un espíritu etéreo. No podía creerse que lo hubiera desafiado. Esa mujer lo había confundido desde el principio.

Llamó a la puerta y esperó. No se oía nada. Su frustración aumentó. Abrió la puerta y la llamó. Pero la habitación estaba a oscuras. Encendió la luz y vio la cama, perfectamente hecha, y vacía.

Soltó un juramento y regresó al piso inferior. Se cruzó con Matteo, ocupado en despedir a los empleados. Le preguntó si había visto a Edie y el hombre le señaló la biblioteca.

Antes de cruzar la puerta, Sebastio supo que estaba allí, pues sintió el familiar cosquilleo de anticipación. Entró en la estancia y la vio. Se le antojó tremendamente delgada y, de nuevo, algo tironeó de su memoria, aunque solo fugazmente.

«No pienses que me debes algo porque me rechazaste hace cuatro años...».

Cerró la puerta y la vio tensarse. Lentamente, Edie se dio la vuelta.

–¿Vas a explicarme qué has querido decir con ese comentario? –él se cruzó de brazos.

A pesar de las dimensiones de la habitación, Edie nunca había sentido tanta claustrofobia.

–No deberías desatender a tus invitados.

–Se han marchado.

–Pero si ni siquiera son las nueve de la noche –Edie frunció el ceño.

–Mira por la ventana.

–Yo... –ella se dio la vuelta y soltó una exclamación.

En diez minutos el mundo se había vuelto blanco, gruesos copos de nieve caían sobre el jardín.

–El servicio meteorológico envió una alerta –Sebastio se situó a su lado–. La tormenta del fin de semana se ha adelantado. Avisamos a los invitados para que pudieran marcharse a sus casas. ¿Te apetece beber algo?

Ella se volvió y vio a Sebastio junto al armario de las bebidas, sirviéndose una copa.

–No, gracias –Edie sacudió la cabeza.

Lo que le apetecía era marcharse, como esos invitados. Pero tenía los pies clavados al suelo, incapaz de apartar la mirada de Sebastio. Llevaba la corbata aflojada y la camisa abierta.

–¿Y bien? –preguntó, de nuevo a su lado–. ¿Qué quisiste decir? ¿Nos conocíamos?

Edie tragó nerviosamente y lamentó haber rechazado la copa. No podía mentir. Se daría cuenta.

–Sí. Nos conocimos, fugazmente.

–Pero no lo bastante como para evitar que yo te rechazara.

Edie rezó para que se abriera un agujero en la tierra y la tragara.

–Hace cuatro años, en un club de Edimburgo. Acababas de jugar un partido contra Escocia.

–Sí... –él frunció el ceño–, recuerdo ese partido. Fue el último que jugamos antes de... –Sebastio se interrumpió bruscamente y la miró–. ¿Qué pasó?

Edie se preguntó si había estado a punto de decir que había sido el último partido antes del accidente. Por las fechas, podría ser.

Al pensar en el accidente, su encuentro anterior había sido un suceso insignificante, aunque de gran repercusión para ella. ¿Cómo explicárselo?

–Yo te vi. Y quise... conocerte –se encogió por dentro. Era mucho peor de lo que se había imaginado–. Intenté hablar contigo, pero me dijiste que te dejara en paz.

«Más o menos».

Sebastio estaba a punto de estallar de la tensión. Al mirar a Edie comprendió que esa fugaz sensación de *déjà-vu* había sido real. Recordó sus enormes ojos mirándolo con una sinceridad llena de esperanza. Pero en esos momentos lo contemplaban con desconfianza. ¿Todo eso era culpa suya, o de alguien más? Solo que...

–Estabas diferente.

–No puedes acordarte –ella pareció palidecer bajo la tenue luz.

–Eras muy joven –continuó Sebastio, sin apenas oírla.

–Diecinueve años –contestó Edie, casi a la defensiva.

–Pues eso, muy joven –él la miró–. Y tenías el pelo más largo...

Edie se tocó la melena, sorprendida de que recordara ese detalle de su peluca.

–¿Por qué no me lo recordaste cuando volvimos a vernos?

–Me sentía avergonzada –ella dejó caer la mano y evitó la mirada de Sebastio–. Me acerqué a ti y, básicamente, me dijiste que me largara. Y luego besaste a una mujer, delante de mí.

–Eso no estuvo bien por mi parte.

–Te molesté mientras estabas con tus amigos –Edie se encogió de hombros.

De repente Sebastio recordó el incidente. Esos ojos tan enormes, llenos de una esperanza e inocencia que no había visto jamás. Por eso le había dicho que se largara.

–Siento haber sido tan grosero, Edie –se disculpó mientras le rozaba la barbilla–, pero créeme, aquella noche te hice un favor. Entonces yo era distinto, te habría gustado aún menos que ahora.

En su momento se había dicho a sí mismo que lo había hecho porque no quería mancillarla con su cinismo, pero cuatro años después sabía que los motivos habían sido más complejos e íntimos. Esos enormes ojos parecían haber visto su interior, la esencia de su insatisfacción.

Y seguía conservando esa capacidad. Pero le resultaba imposible apartarla. La deseaba.

–No me disgustas, Sebastio. Pero no esperaba volver a verte.

–Pero aquí estamos.

Sebastio levantó la barbilla de Edie con un dedo. En esos momentos no tendría ningún inconveniente en mancillarla con su cinismo.

–¿Quizás te gusto un poco... es eso lo que quieres decir?

–¿Insinúas que te importa lo que yo piense de ti?

Ella lo fulminó con el fuego azul de su mirada. A pesar de la imagen de fragilidad e inocencia que proyectaba cuatro años atrás, y que en ocasiones seguía proyectando, era evidente que había crecido. Una parte de él lamentó la pérdida de algo de esa inocencia.

Le sorprendió el impulso de asegurarle que sí. Aquello se trataba solo de sexo, no de sentimientos.

–Para desearnos no es necesario que nos importemos.

«¡Vaya!». Edie asimiló sus palabras. No podía culparlo por ser brutalmente sincero. Sintió una punzada de dolor, pero la rechazó. Echó la cabeza atrás para apartar su dedo de la barbilla.

–Edie... voy a ser muy claro. Lo que deseo de ti es puramente físico. Yo no mantengo relaciones. No ofrezco compromiso. No soy amable ni comprensivo. Te deseo, y lo que te ofrezco es una aventura con fecha de caducidad, hasta que se agote lo que hay entre nosotros. Pero no esperes nada más, porque no puedo dártelo y acabarías sufriendo.

–¿Insinúas que a ti nunca te han hecho daño? –Edie quería aplastar ese arrogante cinismo.

–Digamos que desde muy joven aprendí a no esperar demasiado –Sebastio sacudió la cabeza.

–¿Y cómo sabes que yo no he aprendido lo mismo? –preguntó ella.

Sebastio volvió a alargar una mano y acarició la barbilla de Edie, que se quedó sin aliento.

–Porque lo veo en tus ojos, Edie. No es nada malo. Pero yo no soy así.

Sebastio tenía razón. Ella siempre esperaría algo más, y con él sería un suicidio emocional.

–Te deseo, Edie. Más de lo que he deseado en mucho tiempo a una mujer. Te propongo que exploremos esta química mutua hasta que se agote.

Edie se estremeció. Levantó la vista, como si pudiera encontrar en los impenetrables ojos grises las respuestas a preguntas que ni siquiera era consciente de formular.

Ella siempre había buscado a alguien con quien conectar a un nivel profundo, no solo físico.

Por asfixiantes que le resultaran sus padres, siempre había envidiado su vínculo, fuerte y de apoyo. Pero, a pesar de ese vínculo, y del amor que sentían por ella, nunca se había sentido tan sola como durante su tratamiento contra el cáncer.

Se había sentido dentro de una burbuja de cristal,

mirando hacia fuera, incapaz de conectar con nadie, alguien con quien compartir la profundidad de sus miedos y angustias. Siempre había deseado sentir una conexión que eclipsara esa horrible sensación de soledad.

Y esa conexión la había sentido en el club, cuando sus ojos se habían encontrado con los de Sebastio. Una mirada había bastado para saber que Sebastio la entendería y empatizaría con su soledad y, por primera vez en mucho tiempo, se había sentido conectada a otra persona.

Y allí estaba, de nuevo ante él, con esa sensación de conexión corriendo por sus venas. Borrando todos los motivos por los que no debería sentirse tentada a aceptar.

Porque permitirse una aventura con Sebastio Rivas no le saldría gratis.

Lo que le ofrecía era un anatema, porque ella quería una conexión duradera con un hombre.

Pero al mismo tiempo lo deseaba a él, y solo a él, aunque le estuviera ofreciendo solo un instante.

Lo último que debería hacer era aceptar, pero la respuesta latía en su cuerpo como una ola. «Sí».

Ese hombre ya había frenado sus torpes avances en una ocasión, pero había puesto el listón tan alto que Edie no había permitido que ningún otro se le acercara. Tenía la oportunidad de reescribir la historia. De vivir la fantasía que había albergado en su cabeza durante años. La fantasía de que él no la había rechazado.

¿Acaso iba a permanecer virgen para siempre? ¿Era ese el paso que necesitaba dar en su vida?

Su mente se nubló de dudas. ¿Estaba loca por considerarlo? Si él descubría que era virgen, huiría de su lado. Estuvo a punto de contárselo, pero algo la detuvo. Algo ilícito y rebelde.

−¿Edie...?

−Sí... te deseo, Sebastio −Edie obedeció al latido de su sangre y saltó al vacío.

Sebastio oyó las palabras, pero le llevó unos segundos procesarlas. Cualquier rastro de sutileza lo abandonó. Su sangre hervía mientras daba un paso al frente, tomando la barbilla de Edie con una mano, deslizando el pulgar sobre la sedosa piel, sintiendo el alocado pulso contra su mano.

–¿Estás segura de esto?

Ella asintió mordiéndose el labio inferior. Su brillante mirada azul se posó en los labios de Sebastio y él ya no pudo esperar más. Tenía que saborearla. «Ya».

La empujó contra una pared de libros. Tuvo que apoyar las manos, a cada lado de su cabeza, sobre las estanterías, porque no estaba seguro de poder controlarse si la tocaba.

Inclinó la cabeza y mantuvo la boca encima de la suya. Su aroma lo envolvió, dulce y fresco. Tuvo la extraña sensación de estar saltando por el borde de algo nuevo para él, pero lo ignoró.

La respiración había abandonado por completo a Edie mientras esperaba esa exquisita sensación de la boca de Sebastio sobre la suya. Y, cuando se produjo el contacto, casi se deslizó contra las estanterías hasta el suelo. El calor prendió en todo su cuerpo y tuvo que agarrarse a Sebastio.

El beso consumió las pocas dudas que aún pudiera tener. ¿Cómo había pensado que era una elección? Era una necesidad. Y sabía que nunca más volvería a sentir una necesidad como esa. Sin embargo, lamentó la ausencia de las caricias de Sebastio mientras la besaba.

Se agarró a él con más fuerza, presa de la desesperación. Y, por fin, Sebastio le tomó el rostro entre las manos, inclinándole la cabeza para que el beso fuera más intenso.

Edie fue vagamente consciente de los libros contra la espalda. La boca de Sebastio abandonó la suya y ella

respiró entrecortadamente. Él dibujó un rastro de besos
por su barbilla y su cuello, y Edie echó la cabeza hacia
atrás, incapaz de sostenerla.

Sebastio deslizó una mano por su cadera y el trasero.
El pulso se aceleró entre sus piernas haciéndola consciente del húmedo calor que marcaba su intenso deseo.

Edie deslizó una mano por el pecho de Sebastio,
explorando los atléticos contornos y la anchura de los
hombros. Era muy corpulento, pero ella no se sintió
abrumada o asustada. Quería más.

–Sebastio... por favor... –ni siquiera se dio cuenta de
haber hablado en voz alta hasta que él se apartó, con los
ojos ferozmente brillantes.

–¿Qué...?

Edie no sabía cómo expresar lo que quería, de modo
que se limitó a presionar su boca contra la suya. Él pareció titubear un instante antes de atraerla hacia sí y
apretar su cuerpo contra el suyo. Los pechos de Edie
quedaron aplastados contra su torso. Y la erección de
Sebastio se hundió en el estómago de ella. Parecía muy
grande, y duro. Siguiendo un impulso, ella lo acarició.

–Te... quiero verte –siseó él entre dientes.

Ella apartó la mano mientras Sebastio desataba el
vestido, que se abrió. Edie apenas sintió una leve co-
rriente de aire sobre la ardiente piel. Sebastio abrió del
todo el vestido y posó las manos sobre la cintura desnuda, abarcándola con facilidad.

–Hermosa... Edie. Eres hermosa.

Ella se sentía embriagada. Sebastio deslizó una
mano hacia arriba y hábilmente desabrochó el sujetador
antes de deslizar esa mano sobre un pecho.

Edie estuvo a punto de gritar. Tenía el pezón tan duro
que le dolía, frotándose contra la mano de Sebastio en
una deliciosa fricción. Él agachó la cabeza y deslizó la
lengua por el pezón, y Edie apretó los muslos en un in-

tento de controlar el espasmo de deseo cuando la ardiente boca se cerró sobre ese pezón y empezó a chupar con fuerza.

Ella deslizó las manos por su cabello, sin duda haciéndole daño, pero solo era consciente de la exquisita y embriagadora sensación de placer de esa boca sobre sus pechos.

Todo pareció acelerarse. Edie jadeaba, su mano buscaba de nuevo el cuerpo de Sebastio, los dedos manoseaban con torpeza los pantalones. Quería tomarlo en su mano, sentir su fuerza.

Sebastio dijo algo gutural en español, antes de apartarle delicadamente las manos y desabrocharse él mismo el pantalón. Su pelo caía sobre la frente y tenía el rostro sonrojado. Y la dejó sin aliento.

Al mirar hacia abajo lo vio tomarse a sí mismo en la mano. Se le secó la boca al ver lo grande que era. Grueso y duro. La punta brillaba húmeda.

Edie sintió un momento de inquietud cuando las manos de Sebastio agarraron sus braguitas, tirando de ellas y deslizándolas sobre sus caderas. Cayeron al suelo, pero ella no sintió timidez, a pesar de ser el primer hombre en verla desnuda. Solo un feroz deseo de fundirse con él.

Sebastio la miró largo rato antes de apretarse contra ella. Edie lo sintió contra su piel desnuda. Introdujo la otra mano entre las piernas y todo el cuerpo de Edie se tensó al sentir deslizarse un dedo por los bordes, abriéndola antes de hundirse en su interior.

Edie apoyó la cabeza contra el hombro de Sebastio mientras el dedo entraba y salía, aumentando su deseo y la tensión en su interior hasta que explotó y se tensó contra su mano, con todo su ser palpitando en oleadas de placer tan intensas que estuvo a punto de perder el conocimiento.

Tras un par de segundos, Sebastio levantó una de las piernas de Edie, sujetándola, alineando sus cuerpos hasta que la punta de su pene tocó su entrada. Aún sentía las oleadas de placer, pero también se sintió acomodándose al cuerpo de Sebastio, anticipando el momento en que se hundiría entre sus piernas, estirándola, llenándola. Lo deseaba. Lo había deseado toda su vida.

Pero él se detuvo un segundo y una pizca de cordura regresó al sobrecalentado cerebro de Edie. Estaba a punto de hacer el amor por primera vez, de pie, apoyada contra una estantería. Y, de repente, la perspectiva de la reacción de Sebastio al saberla virgen la dejó helada.

—Espera... —advirtió ella con voz ronca mientras apoyaba una mano sobre el torso de Sebastio.

—¿Estás bien? —él se detuvo de inmediato y la miró.

Edie sacudió la cabeza.

—¿Qué sucede? —Sebastio le soltó la pierna y se apartó.

—Hay algo que deberías saber —ella se tapó con un lado del vestido—, antes de seguir.

—¿Edie...?

—Yo no... —se obligó a mirarlo—, nunca he hecho esto.

Él parecía confuso, hasta que lentamente lo fue comprendiendo.

—Quieres decir que nunca has...

—Practicado sexo. Sí —concluyó ella rápidamente antes de que lo hiciera él.

El aire pareció enfriarse entre ambos. Sebastio se apartó y se subió los pantalones.

—¿Por qué no me lo dijiste antes?

La voz de Sebastio se deslizó gélida sobre su piel. Ella consiguió, tras unos torpes intentos, atarse el vestido. El sujetador seguía desabrochado y los pezones sentían agudamente la fina seda. Vio las braguitas en el suelo y se agachó para subírselas.

Todo su cuerpo gritaba la necesidad de llegar hasta

el final. Pero se alegró de que Sebastio hubiera parado porque su reacción posterior habría sido mucho peor si no le hubiese advertido.

–No esperaba que sucediera esto... aquí. Así.

Edie era virgen. Inocente. Y había estado a punto de tomarla como un adolescente excitado con su primera mujer. Nunca había perdido el control con una mujer así. Nunca.

–¿Y no me habrías detenido si estuviésemos en un dormitorio? ¿Eso estás diciendo? –soltó un juramento en español–. Maldita sea, Edie, podría haberte hecho daño.

Sabía que le habría hecho daño. Había estado a punto de perder la razón ante el mero contacto de su ardiente y húmedo sexo contra su erección.

Con los cabellos revueltos y el vestido arrugado, Edie tenía un aspecto pecaminosamente sexy, pero también muy frágil. Tuvo un recuerdo de esa noche en Edimburgo. De repente todo estuvo claro. Entonces había sido mucho más frágil, pero era la misma persona.

«Todavía inocente».

Sebastio se sentía expuesto, quizás porque ella lo había devuelto a una época de su vida en la que no quería pensar. Después del accidente lo había bloqueado todo. Apartándose del mundo del rugby y de sus amigos.

Edie lo miraba con expresión vulnerable y a la vez desafiante.

Negó a su cuerpo lo que le pedía a gritos: satisfacción. Sus heridas eran demasiado recientes y superficiales. Sacudió la cabeza.

–Yo no hago esto, Edie. No inicio a inocentes.

Percibió el ligero respingo, pero ella debía saber qué clase de hombre era. Si le quedaba algún rastro de humanidad, un fragmento del alma que no fuera tóxica y embargada por la culpa, allí acabaría todo. Se negaba a ser él quien le robara la inocencia. No se merecía tal honor.

Capítulo 5

N O INICIO a inocentes».
Edie no quería más que marcharse. Con toda la dignidad que pudiera reunir. Lo sucedido anteriormente con ese hombre palidecía ante esa nueva humillación.

—Creo que voy a subir a mi cuarto –consiguió decir con cierta frialdad.

Rezó para que las piernas la aguantaran mientras salía de la biblioteca. El que Sebastio apenas se hubiera despeinado resultaba aún más mortificante. Ella prácticamente desnuda y él controlando la situación. ¿Alguna vez perdía ese hombre el control?

Casi había llegado a la puerta cuando oyó su voz.

—Edie...

Ella se volvió. Sebastio nunca le había parecido tan alto o prohibido como en ese contexto.

—No seré yo quien te robe la inocencia. No quiero tener eso también sobre mi conciencia.

Edie apenas oyó las palabras. Estaba demasiado ansiosa por irse. Pero lo que comprendió fue que le estaba diciendo «No eres tú, soy yo», lo cual no hacía más que empeorarlo todo.

—No hace falta que me des una explicación, Sebastio.

Regresó al dormitorio y dejó caer el vestido al suelo, quitándose las braguitas y el sujetador. Tras una ducha caliente se metió en la cama e invocó al sueño para que llegara y lo borrara todo. ¿Cómo había podido hacer lo mismo otra vez? Con el mismo hombre.

A la mañana siguiente, Edie metió unas cuantas cosas en la maleta para el fin de semana.

–¿Adónde vas? –le preguntó una voz familiar cuando llegó al vestíbulo.

Rezando para que la humillación de la noche anterior no se reflejara en su rostro, se volvió, y estuvo a punto de desmayarse. Sebastio iba vestido con unos vaqueros descoloridos y un jersey de lana. Los cabellos revueltos y una sombra de barba. Estaba pecaminosamente guapo.

Solo una recepción más y podría regresar a su vida y olvidarse de Sebastio Rivas para siempre.

–Me voy a casa el fin de semana.

–No, no te vas –él sacudió la cabeza y se acercó a ella.

–No puedes obligarme a quedarme –contestó Edie con una mezcla de indignación y pánico.

–Si yo no te detengo –Sebastio se dirigió hacia la puerta con gesto sombrío–, lo hará el tiempo.

Abrió la puerta de par en par y Edie sintió una gélida bofetada de aire y contempló espantada que el mundo se había vuelto blanco. La nieve llegaba casi a los escalones que subían a la casa.

–Aunque consiguieras salir de la propiedad, no hay transporte público.

–¿Qué significa eso? –preguntó ella, aunque era evidente.

–Significa que estamos atrapados por la nieve.

Aquella tarde, Sebastio estaba completamente tenso de frustración sexual y algo extrañamente parecido a la preocupación. Edie había conseguido evitarlo todo el día. No podía culparla.

Desde que ella le había hablado del encuentro en el club nocturno, no había podido dejar de pensar en ello. Aquella noche siempre había estado muy clara en su mente.

Había sido una semana antes del accidente. Víctor no les había acompañado tras el partido, había preferido quedarse en el hotel para llamar a Maya. Sebastio recordaba la horrible sensación de envidia y resentimiento por lo mucho que había cambiado la vida de su amigo.

Desde que Víctor se había enamorado y casado, Sebastio se había sentido cada vez más insatisfecho. Como si la existencia de esa pareja hubiera puesto de relieve todo lo que a él le faltaba. Él nunca había manifestado ilusión por sentar la cabeza y tener hijos. Pero, si los sentimientos que despertaban sus amigos en él significaban algo, sus verdaderos deseos eran otros, imposibles para alguien tan cínico y hastiado como él.

Cuando Edie lo había abordado, con sus enormes ojos y expresión de esperanza, le había sacudido dolorosamente. Le había recordado la envidia que sentía de su amigo y, a la vez, el rechazo a querer lo mismo. Porque, si lo admitía, estaría admitiendo su debilidad. Y él era fuerte.

Aquella noche se había acostado con una mujer en un intento de restaurar cierto equilibrio, pero no había conseguido sacarse esos enormes ojos azules de la cabeza.

Sebastio contempló su reflejo en la ventana del despacho. No por primera vez deseó que su rostro estuviera cruzado de cicatrices. Deseó poseer alguna prueba física de las vidas que había destrozado. Sería una advertencia a los demás, a Edie, para que se mantuvieran alejados de él. Un recordatorio de que su cinismo había destrozado algo puro, de que no se podía confiar en él.

Ni siquiera le satisfacía el haber hecho algo tan noble como negarse a robarle la inocencia. No podía sentirse noble cuando su cuerpo aún ardía, ni cuando lo había hecho tanto para protegerse a sí mismo como a ella. Edie se había acercado demasiado a ese lugar de dentro de él que aún se consumía de arrepentimiento, sentimiento de culpabilidad y dolor.

Edie sudaba y sentía los pulmones a punto de estallar, pero le lanzó otra patada al saco de boxeo y agradeció el ardor. Cualquier cosa para eclipsar el otro ardor, el interior. El que sentía por Sebastio. El que temía que nunca dejaría de sentir.

A medida que pasaba el día, la humillación había sido sustituida por la rabia. Contra sí misma. Contra Sebastio. ¿Cómo se atrevía a decidir no seducirla por su bien? ¿Creía que le estaba haciendo un favor?

«No seré yo quien te robe la inocencia. No quiero tener eso también sobre mi conciencia».

Parecía sentirse culpable. ¿Por el accidente? Recordó el vídeo, Sebastio decía ser responsable...

Durante la enfermedad, Edie había perdido toda sensación de propiedad sobre su cuerpo. La habían tocado y mirado e inyectado sustancias tóxicas que le habían salvado la vida. Sabía lo que era bueno para su cuerpo, y Sebastio lo era. Nunca se había sentido tan viva como la noche anterior en sus brazos. Con su boca sobre la suya, sobre sus pechos. Con su mano entre sus piernas.

No lamentaba haberle confesado ser virgen, pero sí que él se hubiera detenido, no por decepción, sino por algún razonamiento moral. Y eso le ponía furiosa.

Se secó el sudor de la cara. El corazón le latía con fuerza, por el ejercicio y la adrenalina. Deseaba a Sebastio Rivas, pero ¿estaba dispuesta a volver a ponerse en evidencia?

Desde que recibiera el alta había decidido disfrutar de la vida al máximo. Pero algunas cosas la frenaban. Como el miedo a dejarse el pelo largo, por si el cáncer volvía. Miedo a la intimidad, porque se había saltado esa etapa de su vida en que la habría explorado con naturalidad.

Y entonces había conocido a Sebastio Rivas, y ningún otro hombre era comparable a él.

Y cuando, increíblemente, había vuelto a encontrarse con él, resultó que la deseaba. Era la oportunidad de pasar página en su vida. De recuperar el control. El karma. El escenario que se había imaginado la noche anterior, seducir a Sebastio, de repente no le parecía tan ridículo.

Con creciente determinación, Edie subió desde el sótano. Fuera estaba oscuro. Había dejado de nevar. No se oía ni un ruido. Había algo irreal en saberse aislada allí, como si la vida se hubiera interrumpido. Como si fuera capaz de cualquier cosa.

En circunstancias normales, no tendría el valor para hacer lo que iba a hacer.

Entró en la biblioteca, escenario de la humillación de la noche anterior. Evitó mirar hacia el lugar en el que él la había apretado con su cuerpo contra la estantería. Donde su vestido se había abierto y ella se había ofrecido lascivamente contra su mano.

Se sirvió un trago de whisky y lo apuró de golpe. El calor se deslizó por su garganta y se instaló en su estómago, extendiéndose hacia fuera, imprimiéndole una sensación de confianza.

Pareció intuir que Sebastio estaba en su despacho y,

efectivamente, al detenerse ante la puerta, oyó el murmullo de su voz al otro lado. Hablaba en español.

Sin esperar más, Edie llamó a la puerta y entró.

Sebastio levantó la vista de la tediosa llamada y vio a Edie de pie en la entrada del despacho. Su cerebro se quedó completamente en blanco mientras asimilaba el hecho de que llevaba puestos unos pantalones de licra y un top muy corto. Su pelo estaba húmedo y su pálida piel brillaba de sudor. Llevaba una toalla alrededor del cuello.

Ya había colgado antes de darse cuenta de que no había terminado la conversación. Solo era consciente de las finas curvas y esos grandes ojos. Se preguntó si no la habría invocado.

—Tengo algo que decirte.

No, no era una alucinación.

—Por favor, pasa —Sebastio se levantó y extendió una mano.

Ella entró y él captó su olor almizclado. Había estado en el gimnasio. Se imaginó su piel caliente y húmeda, como después del sexo. Le bajó la sangre a sus partes inferiores, vaciándole el cerebro.

Edie se detuvo ante el escritorio. En el rostro llevaba grabada una expresión de determinación, y algo más, algo más vulnerable.

—¿Qué querías decirme? —la voz de Sebastio era cortante.

Edie casi perdió el valor. Se preguntó si no habría soñado lo sucedido en la biblioteca. Pero no, lo veía en sus ojos. El brillo del ardor. Controlado, pero ahí.

—Quiero que me hagas el amor —ella tragó con dificultad.

—Ya te lo he dicho, Edie —un músculo se contrajo en la mandíbula de Sebastio—. No lo haré.

¿De repente había descubierto que tenía conciencia? Edie quiso gruñir de frustración, recordarle su fama de playboy internacional.

—¿Lo dices porque no quieres asumir la responsabilidad? —preguntó—. ¿Porque soy virgen?

—No solo eso —él apoyó las manos sobre la mesa y la miró con severidad.

—¿Tu sentimiento de culpabilidad? ¿La idea de que robarme la inocencia se añadiría a esa culpabilidad?

—¿De qué estás hablando? —él se quedó inmóvil.

—En el vídeo decías que asumías la responsabilidad por el accidente. Es evidente que te sientes culpable por lo ocurrido a tus amigos.

—Eso no es asunto tuyo —contestó él con voz gélida.

Otra mujer habría empezado a acobardarse, pero había llegado demasiado lejos. Ya no tenía nada que perder.

—Asumo la responsabilidad por mis acciones —se señaló a sí misma—. Si quiero que tomes mi virginidad, es por mi elección. A lo mejor crees que, dada mi inexperiencia, no podré manejar una aventura, pero, tal y como yo lo veo, esa inexperiencia es solo una cuestión física menor.

—Es más que una cuestión física menor, Edie. Emocionalmente...

—Soy capaz de manejar mis propias emociones —ella lo interrumpió levantando una mano.

—Esto no es negociable, Edie —él la miró con gesto sombrío—. Me niego a robarte la inocencia.

—No me deseas lo bastante —lo desafió Edie—, ¿es eso? ¿Quizás mi virginidad te repele?

—Edie... —le advirtió él.

Ella se apartó del escritorio, sintiendo el aire frío sobre la piel. Estaba perdiendo la confianza. Había subestimado a Sebastio. Y quizás había sobreestimado el deseo que sentía por ella.

–No te preocupes por eso, Sebastio –le aseguró tan altivamente como pudo–. Estoy segura de que encontraré a alguien que me desee lo bastante.

Edie se volvió y echó a andar hacia la puerta, pero antes de llegar oyó claramente:

–De eso nada.

Sebastio cerró la puerta de golpe y puso las manos sobre sus hombros, la volvió y la fulminó con la mirada con una intensidad que nunca antes había visto en él.

–¿Qué demonios significa eso? «Encontraré a alguien que me desee lo bastante».

Edie levantó la vista y lo miró impresionada. Sebastio estaba tenso, pura energía y, durante un segundo, sintió lástima por sus contrincantes en el campo de juego.

–Así es –sin dejarse intimidar, ella alzó la barbilla–. Si tú no me deseas, otro lo hará.

–¿Insinúas que no te deseo? –rugió él–. Eres la primera mujer a la que deseo desde hace cuatro años. Te deseo tanto que aún tengo tu sabor en mi boca. Maldita seas.

Y de repente la besó con despiadada precisión. Lo primero que sintió Edie fue alivio. Había funcionado. Su ingenuo intento de provocarle había funcionado.

Pensó en lo que Sebastio acababa de decir y echó la cabeza hacia atrás.

–¿Qué quieres decir con la primera mujer desde hace cuatro años? –preguntó.

Sebastio la aprisionó contra la puerta, con una mano a cada lado de su cabeza.

–No he tenido ninguna amante en cuatro años.

Era evidente que no se enorgullecía de ello, a juzgar por el tono cortante de su voz.

«Desde el accidente», comprendió Edie.

La revelación hizo que algo revoloteara en su estómago, pero tuvo que ignorarlo y recordarse que solo hablaba de sexo. No de emociones. Solo sexo. Pero el revoloteo no cesó.

–Ha pasado mucho tiempo, Edie –continuó él–. No quiero hacerte daño.

–No me lo harás –ella sacudió la cabeza, impresionada por la mirada de Sebastio–. Estoy segura

«Al menos, no me harás daño físicamente».

Edie apoyó las manos sobre el pecho de Sebastio y las deslizó hasta sus hombros. Sintió la tensa fuerza de sus músculos y se le encogió el estómago.

Sebastio miró fijamente a Edie. Vio la determinación en su mirada, la firmeza en su barbilla, y la pálida y atractiva piel. La redondeada forma de sus pechos bajo el top. La suave curvatura de sus caderas. Los finos muslos. Y la deseó. Más de lo que había deseado nada en su vida.

–¿Estás segura?

–Sí –ella asintió sin dudar.

La anticipación que había brotado en la sangre de Sebastio eclipsó cualquier duda. Ya no podría echarse atrás ni aunque una manada de caballos salvajes intentara detenerlo.

Tomó la mano de Edie y la condujo por el pasillo para subir las escaleras hasta el dormitorio.

Edie sintió una ligera inquietud cuando Sebastio abrió la puerta del dormitorio y la guio al interior. La habitación era muy espartana comparada con las demás habitaciones de la casa. Pero pronto lo olvidó, en cuanto la acercó a la enorme cama y se volvió para mirarla.

El aire entre ellos era denso, tanto que Edie apenas podía respirar. Su corazón latía con fuerza. Durante un segundo deseó haber sido menos impulsiva. ¡Llevaba puestas unas mallas! Deseó llevar el precioso vestido verde. Pero ya era demasiado tarde.

Sebastio la sujetó por la cintura y la atrajo hacia él. Lo único que Edie sentía era calor y acero, y lo único que olía era ese olor masculino. Almizcle y madera.

Las manos de Sebastio se deslizaron por su cintura y ella sintió un nudo de tensión en su seno. Respiró entrecortadamente mientras él deslizaba el dorso de las manos sobre su barriga.

—Quiero verte —susurró.

Ella asintió, mordiéndose el labio inferior mientras las grandes manos soltaban el cierre delantero del top. El top se abrió y él lo deslizó por sus hombros y los brazos hasta que cayó al suelo.

Estaba desnuda de cintura para arriba y, a pesar de su osadía, se sintió repentinamente tímida.

—¿Todo bien? —él le levantó la barbilla para mirarla a los ojos.

—Yo también quiero verte —Edie asintió.

Él sonrió fugazmente y se quitó el jersey, revelando un musculoso torso en el que no cabía ni un gramo de grasa. Los definidos pectorales cubiertos de un oscuro y rizado vello daban paso a una firme barriga, dividida por una línea de oscuro vello que desaparecía bajo los vaqueros.

Edie olvidó toda su timidez. Deslizó las manos, algo temblorosas, por su torso.

Sebastio temió explotar antes de haberla tumbado sobre la cama, bajo su cuerpo. Su manera de mirarlo y tocarlo resultaba tremendamente embriagadora.

Posó la mirada sobre los provocadores pechos. Altos y firmes, y más rotundos de lo que indicaba su figura. Los pezones eran pequeños y rosados. Tomó un pecho en una mano y deslizó el pulgar por el duro pezón, que se tensó.

Al percibir el delicado estremecimiento que recorrió el cuerpo de Edie, a Sebastio se le aceleró el pulso. Esa mujer reaccionaba de inmediato.

Sebastio tenía la cama detrás de él y se dejó caer mientras atraía a Edie entre sus muslos y deslizaba las manos hasta el trasero.

Los pechos estaban a la altura perfecta para tomar un pequeño pezón en la boca, chupándolo antes de pasar al otro. Edie le tiraba dolorosamente del pelo, pero apenas se daba cuenta.

Edie sufría una inmensa tortura, una tortura sensual que no había sentido jamás. Un dolor exquisito... delicioso. La lengua de Sebastio deslizándose sobre su pezón casi la puso en órbita. Lo único que le impedía caer al suelo eran sus fuertes piernas que atrapaban las suyas.

Sebastio se movió y ella se deslizó hasta quedar sentada sobre su regazo, mareada. Los pechos le palpitaban y él tomó uno con la mano, frotando el sensible pezón con el pulgar.

Cualquier esperanza que hubiera tenido de que la primera vez que hiciera el amor fuera con alguien delicado y amable se fue al traste. Jamás se habría imaginado conectar a un nivel tan primario con un hombre que representaba la pura fuerza y perfección masculina.

¿Cómo habría podido no desear ese infierno de deseo?

–¿Todo bien? –volvió a preguntar Sebastio.

–Estoy bien... más que bien.

Sebastio volvió a besarla. Un beso largo, permitiéndole recuperarse mientras hacía crecer la tensión dentro de ella. Edie se retorció en su regazo, deseando, necesitando más, y Sebastio la levantó para colocarla de nuevo de pie ante él.

Lentamente le fue bajando las mallas y ella se sacudió las zapatillas. Solo llevaba las braguitas.

Él se levantó y se soltó el cierre de los vaqueros antes de quitárselos junto con el calzoncillo. Edie apenas podía respirar. Estaba desnudo. Y tremendamente excitado.

Todo rastro de duda que pudiera quedarle de su deseo por ella se esfumó.

–Tus braguitas... quítatelas –le ordenó él con voz ronca.

Edie obedeció y contuvo la respiración, de repente consciente de que, quizás, él estuviera acostumbrado a mujeres más... arregladas. Pero por el modo en que la miraba...

–Eres lo más hermoso que he visto jamás.

Ella agachó la cabeza. Estaba segura de que no era verdad, en absoluto, pero no quería que la realidad estropeara ese momento. Intuitivamente, alargó una mano y lo tomó.

Él contuvo el aliento mientras Edie movía la mano arriba y abajo, explorando la potencia de su masculinidad, la ardiente y sedosa piel sobre el acero. Vulnerable y, a la vez, fuerte.

Sebastio posó una mano sobre la suya, deteniéndola. Ella levantó la vista, aturdida, embriagada.

–Si no paras, perderé el control.

Una femenina emoción la inundó ante la mirada vidriosa de los ojos grises. Saber que era ella la que estaba provocando todo eso... era mucho más excitante de lo que se había imaginado.

–Túmbate, Edie.

Ella obedeció, sintiendo las piernas débiles. Sebastio le recorría el cuerpo con la mirada y ella sintió una oleada de emoción, pero la aplastó. No era momento de emociones. Era la realización de una fantasía, pura y sencilla. Karma. Deshacerse de la carga de la inocencia.

Pues había sido una carga, comprendió, aunque lo

había mantenido en un rincón de su mente. La duda insidiosa no había parado de crecer. ¿Y si había algo malo en ella? ¿Y si durante el tratamiento algo había quedado dañado? ¿Las hormonas? ¿La libido?

Sin embargo, en esos momentos todas las dudas y temores habían desaparecido. El problema era no haber conocido al hombre adecuado. Aunque sí lo había hecho, cuatro años atrás...

Él se acomodó en la cama junto a ella, y los pensamientos de Edie fueron rápidamente eclipsados por un brote de lujuria y necesidad cuando Sebastio deslizó sus manos sobre los pechos, el estómago, y siguió hacía abajo, entre los muslos.

Con una ligera presión, le separó las piernas y ella percibió una intensa concentración en su rostro. Confiaba en él. Completamente.

Los dedos de Sebastio exploraban entre sus piernas, y Edie contuvo la respiración cuando le separaron los pliegues, liberando el húmedo calor que se había acumulado allí.

Se sentía húmeda, y se habría avergonzado si él no hubiese hablado con una clara satisfacción:

—Estás preparada...

Edie intentó no retorcerse contra él, sus manos se agarraban a la sábana bajo su cuerpo. La tensión creció a medida que los dedos de Sebastio se introducían en su interior, y su espalda se despegó de la cama. Mordiéndose el labio inferior intentó aplacar el intenso placer mientras él metía y sacaba los dedos lentamente. La tensión creció más y más, hasta que Edie temió que explotaría como la noche anterior. Aguantó con toda la fuerza que pudo.

Sebastio estaba tan duro que le dolía. Se estaba torturando a sí mismo tanto como Edie al prolongar el placer. Lo veía en la muda súplica reflejada en su rostro, sentía su cuerpo estremecerse alrededor de su mano. Necesitaba estar dentro de ella, pero también necesitaba verla llegar. A su merced, restableciendo una necesidad de sentir algo parecido al control.

Sintió los temblores de Edie en sus piernas, en todo el cuerpo, mientras luchaba por aguantar.

–Déjate ir. Yo te alcanzaré –susurró él mientras hundía los dedos, y ella perdía el control, enloqueciendo entre espasmos de placer en torno a su mano.

Sentirla tan tensa casi bastó para que él llegara también. No duraría mucho más.

Sebastio se acomodó sobre el cuerpo de Edie, separándole aún más las piernas. Sus mejillas estaban sonrosadas y los ojos miraban algo desenfocados en las postrimerías del placer. Tenía la boca inflamada y él sintió una oleada de masculino orgullo.

–¿Todo bien? –preguntó mientras le apartaba los húmedos cabellos de la frente.

Tras una larga pausa, ella asintió, elevó las manos y le rodeó los bíceps mientras él se colocaba entre sus piernas, encajando la erección contra el exquisito calor húmedo de su cuerpo. Cuatro años de abstinencia no lo habían preparado para esa sobrecarga de anticipación.

Apretó los dientes y se aferró al control un poco más. Luego empujó, sintiendo la resistencia, y se contuvo unos segundos para que ella se acostumbrara. Aunque lo estuviera matando.

Edie le rodeó la cintura con las piernas y elevó su cuerpo para que él pudiera deslizarse un poco más en su interior. Sebastio estaba perdido, ahogándose en un infierno de necesidad.

–Puede que esto te duela un poco al principio –le explicó–, pero confía en mí, no durará...

Cediendo a las órdenes que le gritaba su cuerpo, se hundió con fuerza.

Se sintió envuelto en la más pura sensación de placer que hubiera experimentado jamás. Si no se movía moriría. La miró, y una comunicación silenciosa tuvo lugar. Sobraban las palabras.

Ella asintió vigorosamente y con todo el control del que fue capaz, Sebastio empezó a moverse dentro y fuera, el movimiento cada vez más fluido a medida que el cuerpo de Edie se adaptaba.

Edie intentaba controlar la vorágine de sentimientos y sensaciones que la atravesaban. El dolor que había sentido cuando Sebastio se había hundido la primera vez en su interior había sido indescriptible, pero ya se estaba pasando. Era muy grande, lo bastante para dejarla sin aliento, pero a medida que su cuerpo se acostumbraba al suyo, de repente, ya no lo sentía así.

La tensión se acumuló hasta el límite y el nirvana que Edie acababa de experimentar se acercó de nuevo, solo que esa vez ella supo que iba a ser aún mejor. Más explosivo.

Rodeó el cuello de Sebastio con los brazos y arqueó la espalda, apretando los pechos contra su torso. Él deslizó un brazo bajo su espalda, atrayéndola hacia sí y, cuando llegó el éxtasis, golpeó con tal fuerza que ella solo pudo morderle el hombro para evitar gritar hasta quedarse afónica.

Lo primero que sintió Edie al despertar fue lo saciada y plena que se sentía. Totalmente agotada, pero llena de energía. Era desconcertante. Abrió los ojos y, tras unos instantes de desorientación, las horas previas regresaron a su mente, en puro tecnicolor.

Las contraventanas estaban abiertas y no había cortinas. Fuera aún era de noche.

Se subió la sábana hasta el pecho y miró a su alrededor. Estaba sola, pero se oía ruido en el cuarto de baño. La puerta se abrió y Sebastio salió, con una toalla alrededor de la cintura y el torso desnudo. Seguramente se había duchado.

Se sintió incómoda. No sabía cómo moverse en el mundo poscoital. Un mundo nuevo.

—Estás despierta.

Edie intentó sentarse sin perder la sábana. Buscó a su alrededor algo que pudiera ponerse, hasta que Sebastio entró en su campo de visión con una bata en la mano.

—Gracias —le dijo mientras la tomaba.

—Te he preparado un baño, estarás dolorida.

Edie lo sentía entre las piernas, pero no era dolor. La sensación era... sorprendente. Sebastio se mostraba sereno, solícito. Sin atreverse a mirarlo, se puso la bata, intentando no descubrirse. Ridículo, pues no hacía mucho había estado totalmente a su merced, desnuda y vulnerable.

—Debería regresar a mi cuarto —observó sentada en el borde de la cama—. Allí podré bañarme.

—Hay algo de lo que debemos hablar —dijo Sebastio.

—¿Qué? —ella no veía bien su expresión bajo la tenue luz. Un escalofrío le recorrió el cuerpo.

—No hemos tomado precauciones —contestó él mientras apretaba la mandíbula.

A Edie le llevó un segundo comprenderlo y, cuando lo hizo, levantó instintivamente una mano hacia la cicatriz que tenía bajo la clavícula, deteniéndose justo a tiempo.

—No pasa nada —contestó, forzando las palabras a salir—. No hay de qué preocuparse.

—¿Estás tomando la píldora? —él frunció el ceño.

—No, pero tuve un... problema médico de adolescente y no puedo quedarme embarazada.

Sus reglas seguían siendo completamente irregulares, incluso cuatro años después, y el médico le había asegurado que era altamente improbable que pudiera concebir. Por el tratamiento.

—¿Estás segura? —Sebastio parecía escéptico.

Edie asintió y se levantó. Sus ropas estaban esparcidas por la habitación e hizo una mueca al recordar cómo había irrumpido en el despacho de Sebastio para pedirle que se acostara con ella.

Sebastio la contempló con atención. Para su sorpresa la creía sobre lo del embarazo. Se preguntó qué habría alterado su fertilidad, pero al verla morderse el labio inferior y tirar de él para soltarlo, con ese pequeño movimiento, su cuerpo recién saciado revivió.

—Yo... yo debería regresar a mi habitación —aseguró ella.

Él sacudió la cabeza, luchando contra una irracional necesidad de cerrar la puerta con llave y mantener a Edie siempre a la vista. Una cosa estaba clara, no bastaría con una vez. Ni de lejos.

Ella lo miró, abriendo los ojos desmesuradamente al comprender. Rápidamente se sonrojó.

—Edie... —gruñó Sebastio—. El baño. Ahora.

Capítulo 6

EDIE miró a Sebastio, sentado a un extremo de la mesa. Había insistido en subir comida desde la cocina y ella contuvo la risa al pensar en el aspecto que debían de tener, comiendo tortilla y pan, y bebiendo vino, en un comedor utilizado para recepciones de alto nivel.

Después del baño, Sebastio le había prestado unos pantalones de chándal, que había atado con fuerza, y una sudadera. Le estaba enorme, pero disfrutó al sentirse envuelta en su olor. Él llevaba unos vaqueros y una camisa suelta.

–¿Qué pasa?

Edie se encogió de hombros, avergonzada por haber sido pillada mirándolo.

–Tu dormitorio –contestó–, no es como los demás. ¿Por qué está tan vacío?

–Cuando di instrucciones para decorar la casa, les dije a los interioristas que tenían carta blanca, salvo en mi cuarto. Me da igual el aspecto de la casa. La uso sobre todo para eventos corporativos. Para mí prefiero la sencillez. Mi ático de Londres es moderno, limpio, y refleja más mi gusto personal –agitó una mano en el aire–. Esto, es lo que la gente espera ver.

–Como la decoración navideña, a pesar de que odies la Navidad.

–Exactamente –él tomó un sorbo de vino y su mirada brilló, una advertencia para dejar el tema.

A través de la ventana, Edie veía que empezaba a

amanecer. El mundo estaba blanco e inmóvil. Nunca se había sentido más decadente. Ni más viva.

Sebastio dejó la copa de vino y se levantó, extendiendo una mano. Ella la tomó. Sin decir una palabra, subieron las escaleras, de regreso al dormitorio.

Edie era consciente de que aquello no era más que un finito y fugaz momento de locura mientras permanecían en esa burbuja. Y no debía olvidarlo nunca, pasara lo que pasara.

Cuando Edie se despertó era de noche. Había pasado todo un día.

Sospechaba que, si el mundo no se hubiera detenido por la tormenta, Sebastio no habría permitido la sucesión de días y noches. Sin duda las fronteras que marcaba con sus amantes habitualmente estaban más claras.

No lo pensaba porque ella fuera diferente, sino porque se habían visto abocados a esa situación por fuerzas que escapaban a su control.

Sebastio había encendido el televisor poco antes y habían visto las noticias sobre la tormenta de nieve que asolaba Gran Bretaña. La gente debía permanecer en sus casas, salvo emergencia.

Edie había recibido un mensaje de sus padres, preguntándole si estaba bien, y ella se había sonrojado al responder. La creían a salvo en su piso.

Se volvió y miró a Sebastio, tumbado a su lado. Era tan hermoso que la dejó sin aliento. Las mantas apenas le cubrían el sexo y se veía el vello oscuro que se rizaba entre sus piernas. Resultaba tremendamente erótico.

Le sorprendió que, incluso dormido, conservara esa expresión vigilante. Y tuvo que contenerse para no alisarle el ceño con la mano.

Lo que ese hombre le había hecho, lo que habían

hecho juntos, el placer que le había producido con despiadada precisión... solo pensar en ello la abrumaba.

Durante mucho tiempo, estando enferma, había pensado que no volvería a sentirse cómoda en su piel. Sebastio le había devuelto algo muy preciado: la confianza en sí misma como mujer sexual. No era frígida. No la habían dañado irreversiblemente...

Aparte de su fertilidad, algo por lo que un hombre como Sebastio no se preocuparía. De todos modos habría desaparecido de su vida antes de que surgiera la necesidad de hablar de ello.

Sebastio emitió un pequeño gruñido. Su piel estaba cubierta de sudor, el ceño más fruncido.

De repente, él se sentó violentamente en la cama. Edie lo oyó gritar en español, con voz ronca.

Solo entendía «¡Por Dios!», y «¡No!».

Sebastio jadeaba, atrapado en una pesadilla. Edie le tocó un hombro. Su piel ardía.

De repente, se quedó muy quieto, respirando con dificultad. Edie lo vio volver en sí. No estaba segura de si debería haberlo tocado, pero le había parecido tan angustiado...

–¿Sebastio? Estabas soñando.

Sebastio seguía en algún lugar a medio camino entre aquella horrible noche y el presente, sujetando el cuerpo sin vida de Maya mientras Víctor gritaba, sin que él pudiera hacer nada.

Poco a poco la habitación se materializó. Y algo más, la voz de Edie. Su mano sobre el hombro.

No soportaba mirarla y ver algo que no podría aceptar. Solo podía aceptar la condena.

Se apartó bruscamente de esa mano y saltó de la cama. Sentía las piernas patéticamente débiles.

–Vuélvete a tu cama, Edie –le ordenó secamente–. Siento haberte molestado.

Entró en el cuarto de baño y cerró la puerta, permaneciendo un rato a oscuras. Hacía mucho que no sufría pesadillas. Y nunca le había sucedido junto a una amante.

Edie... no era culpa suya que hubiera tenido esa pesadilla. Pero había llegado hasta una parte de su ser donde aún quedaban muchas heridas. Aún sentía su mano sobre el hombro, como un bálsamo. Un bálsamo que ni quería ni necesitaba.

Soltó un juramento, encendió la luz y contempló su reflejo en el espejo. Los cabellos revueltos y la sombra de barba. Los ojos de mirada salvaje después del sueño.

Cualquier sensación de paz que hubiera experimentado durante las últimas treinta y seis horas no había sido más que una ilusión. El resultado de saciar su lujuria después de cuatro años.

Y Edie no era la responsable única de ello, comprendió con desesperación. Cualquier mujer le habría hecho sentir lo mismo. Era puramente biológico.

Los horribles tentáculos de la pesadilla seguían agarrándolo, burlándose de él.

Soltó otro juramento y entró en la ducha. El agua golpeó su cuerpo, pero no disipó el horror.

Edie se sentó en la cama. Le había parecido tan... torturado. Oyó la ducha. Se levantó con la intención de marcharse, pero desde el interior del cuarto de baño surgió un grito gutural.

Ella se estremeció. Sonaba como un animal. Dolor en estado puro.

Incapaz de marcharse, Edie abrió con cautela la puerta del cuarto de baño. Vio a Sebastio en la enorme ducha, con la espalda vuelta hacia ella y las manos apoyadas sobre la pared. El agua discurría sobre los músculos de la espalda y las nalgas. No había vapor. Se estaba dando una ducha fría.

«No». Con el corazón encogido, Edie entró en el cuarto

de baño y dejó caer la bata al suelo. Se acercó a la ducha. Estaba helada. Alargó una mano y subió la temperatura.

Sebastio miró a su alrededor, y el pánico reflejado en su rostro casi hizo que ella se derrumbara.

—Te dije que te marcharas, Edie.

—No me voy a ninguna parte.

El agua ya estaba caliente y empezaba a formarse vapor. Edie entró en la ducha, y rodeó a Sebastio por la cintura, apoyando la mejilla contra su espalda. Sentía la tensión en su cuerpo, el rígido rechazo a toda compasión o consuelo. Pero lo abrazó con más fuerza.

Él puso las manos sobre las de ella, y Edie pensó que iba a apartarlas. Pero tras una eternidad, las cubrió con las suyas y un estremecimiento recorrió su cuerpo. Y luego otro.

Se quedaron así un rato, hasta que Sebastio se giró, empujando a Edie contra la pared, de frente a él, apoyando una mano sobre la pared y la otra sobre la cadera de Edie.

El dolor reflejado en su rostro se había convertido en otra cosa, algo más primario. Sus ojos ardían y una nueva tensión ocupó el espacio entre ellos.

—Te necesito, Edie. Ahora... aquí. Pero no creo que pueda ser delicado. Si quieres irte...

Edie lo comprendió de inmediato. Sebastio necesitaba expulsar la oscuridad que lo tenía constreñido. La necesitaba a ella. El corazón se le expandió antes de poder evitarlo. Sabía que lo más inteligente sería marcharse, pero eso sería como dejar de respirar.

Apoyó las manos sobre el torso de Sebastio y sintió su galopante corazón.

—Tómame. Soy tuya.

Él pareció luchar contra sí mismo durante unos instantes, y Edie tomó la erección en su mano, acaciándolo lentamente. La mirada gris se nubló, la respiración se aceleró.

Y ya no hubo vuelta atrás. Edie se había arrojado al ojo del huracán y tenía que aguantar.

Sebastio no tuvo piedad. Se arrodilló en el suelo, separó las piernas de Edie y enterró el rostro entre ellas, chupando y lamiendo. Ella solo pudo suplicar clemencia, con las piernas temblorosas.

En las postrimerías del explosivo orgasmo, Sebastio la levantó contra la pared.

—Rodéame la cintura con las piernas —le indicó con brusquedad.

Ella contuvo la respiración mientras él se colocaba y se hundía en su cuerpo con tal precisión y fuerza que solo pudo abrazarlo con brazos y piernas y acompañarlo a donde la llevara.

El placer que le arrancó del cuerpo antes de que él tomara el suyo fue brutal. Brutalmente exquisito.

Edie apenas fue consciente de que Sebastio la estaba sujetando, con su cuerpo sacudiéndose espasmódicamente contra el suyo y el cálido torrente de su liberación dentro de ella.

La dejó en el suelo, pero las piernas no la sostenían, por lo que, tras envolverla en una toalla, la llevó en brazos hasta la cama. Edie tuvo un vago recuerdo de Sebastio susurrando algo antes de sucumbir al sueño, algo que se parecía mucho a «gracias».

Cuando Edie se despertó de nuevo, un deslumbrante sol entraba por la ventana del dormitorio. Los acontecimientos de la noche anterior regresaron a su mente. Recordaba que Sebastio le había ordenado que se marchara, y cómo se había estremecido poco después en sus brazos. La desesperación de su rostro. La ardiente combustión.

Desnuda bajo las mantas, Edie se sonrojó al pensar en lo ocurrido, en su intensidad, su crudeza.

Poco después, ambos se habían despertado, desesperados, como si se les hubiera desatado un hambre feroz que no conseguían saciar.

El colchón estaba vacío y ella buscó con la mirada por la habitación. A la luz del día vio lo espartana que era. Se parecía más a la celda de un monje.

Edie se preguntó si se trataría solo de una cuestión de preferencias de estilo. Parecía como si se estuviera castigando. Igual que cuando se había quedado inmóvil bajo la gélida ducha.

No se oía ningún ruido en el cuarto de baño. Estaba sola. Un dardo helado se clavó en su corazón al sentir que Sebastio había buscado consuelo en ella, pero jamás lo reconocería.

¿Qué esperaba? ¿Creía que se iba a quedar allí, viéndola dormir, esperando a que se despertara? ¿Creía que iba a contarle todos los detalles escabrosos de la pesadilla? Ella estaba familiarizada con las pesadillas, las había sufrido durante el tratamiento, y no le apetecía hablar de ello.

Saltó de la cama y encontró los pantalones de chándal que había llevado puestos y la camisa de Sebastio. Su olor se transfirió a su piel. El olor de ambos. Un olor que no quería perder.

Salió del dormitorio en busca de Sebastio, sintiéndose algo nerviosa ante la idea de volver a verlo. No podía suavizar el revoloteo del estómago, la sensación ilícita de que la noche anterior habían compartido algo. Algo profundo.

Oyó su voz, gutural y autoritaria, al otro lado de la puerta del despacho. Pero decidió no entrar y se dirigió hacia las cocinas.

Media hora más tarde, volvía a subir, llevando una

bandeja con dos platos de tortitas, sirope de arce, beicon crujiente y humeante café, con dos vasos de zumo de naranja recién exprimido.

No podía borrar una sonrisa bobalicona de su rostro ante la idea de sorprenderlo con el desayuno, y casi había llegado cuando vio abrirse la puerta delantera y a Matteo entrar, golpeando los pies contra el suelo para desprenderse de la nieve.

–*Buon giorno!* –saludó con una sonrisa–. ¡Habéis sobrevivido!

Edie parpadeó. Ver a otra persona le resultaba tan incongruente que le llevó un momento comprender lo que estaba sucediendo. Fuera se oían coches. Voces. Se veían pedazos de verde. La nieve se estaba derritiendo. Ya se había derretido.

Durante unos segundos permaneció totalmente desorientada, y entonces oyó una voz familiar.

Sebastio salió de su despacho y saludó a Matteo. Edie estaba en medio del vestíbulo, descalza, sin maquillar. Vestía la ropa de Sebastio y portaba una bandeja con comida para dos amantes.

Sebastio se volvió hacia ella, con los ojos muy abiertos al comprender. Él, en cambio, estaba impecable, vestido de traje. ¿Sabía que el mundo real iba a regresar? Se sintió traicionada.

Antes de sentirse más mortificada, se dio la vuelta y huyó por donde había llegado, casi tropezando en las escaleras camino de la cocina. Ante la llegada de los empleados, vació la bandeja en un cubo de basura, lo fregó todo e hizo desaparecer las evidencias de su estúpida y equivocada esperanza...

«¿De qué?», se censuró a sí misma. ¿Esperanza de que los últimos dos días, y sus noches, hubieran significado algo para Sebastio? Ya le había dejado claro que no le interesaba nada.

Oyó un ruido a sus espaldas y se tensó.

—¿Edie?

Cerró los ojos y respiró hondo antes de darse media vuelta y rezar para parecer despreocupada. Sebastio la miraba y ella se apresuró a hablar primero, antes de que lo hiciera él.

—Lo siento, debería haberme dado cuenta de que...

—Edie, no tienes que explicar nada...

—No sabía que la nieve se hubiera fundido.

Sebastio sintió una opresión en el pecho. La expresión de horror de Edie le había despertado los recuerdos. Era evidente que no tenía ni idea de que la normalidad hubiera vuelto.

No la había molestado porque, egoístamente, una parte perversa de su ser disfrutaba al pensar en ella durmiendo en la cama, desnuda.

Al verla en el vestíbulo, con sus ropas prestadas, descalza, deliciosamente desaliñada, su cerebro había sufrido un cortocircuito. Y entonces había comprendido que Matteo también la miraba, y que ella llevaba una bandeja con comida. Para ellos dos.

Era tan culpable como ella al asumir, ¿esperar?, que el mundo siguiera detenido. Él solo había sido consciente de que la nieve se había fundido cuando el móvil había empezado a sonar.

Tras salir silenciosamente del dormitorio y hacer unas llamadas, había regresado, se había lavado y vestido, y tras echar un último vistazo a Edie, la había dejado allí.

La noche anterior había tenido la intención de llevarla de vuelta a su dormitorio tras la ducha, pero en el último momento había cedido al impulso y la había dejado dormir en su cama. Él se había quedado sentado en una silla, en un rincón, para contemplarla largo rato.

Debería haberse mostrado furioso ante la pérdida de

control, por dejarla ver tanto. Pero lo que había sentido era una curiosa clase de... no era paz, quizás calma. Un momento de catarsis.

Y todo ello se estaba burlando de él, por el modo en que había permitido que las fronteras se desdibujaran por un poco de nieve y mucho placer. Debería haber estado más atento.

—Lo siento. Debería haberte advertido que volvían todos... no pensé que tú...

—Por favor –ella lo interrumpió levantando una mano–, no digas nada. Debería haberlo visto.

«Si hubiese mirado por la ventana en lugar de esperar que nada cambiaría si no miraba».

—Escucha, lo que hemos disfrutado los últimos días... y noches... ha sido intenso. Pero debería haber tenido más cuidado y dejarte claro que esto no ha sido más que...

—Sebastio, déjalo ya –lo interrumpió ella, horrorizada ante la posibilidad de que se lo repitiera–. No tienes que decir nada. Sé de sobra lo... intenso que fue. Quizás no nos lo esperásemos ninguno de los dos. Pero no tienes por qué preocuparte. No me estoy enamorando de ti.

«Mentirosa».

—Reconozco que hace cuatro años, cuando yo te abordé y tú me rechazaste, quizás albergara la fantasía de que las cosas podrían haber salido de otra manera. Y ahora, he cumplido la fantasía.

Edie contuvo el aliento. Estaba más que mortificada por tener que admitir que llevaba cuatro años pensando en él. Pero mejor eso que las evidentes sospechas de que se estaba enamorando.

Además, no lo estaba, se aseguró a sí misma con rabia. Era más inteligente que eso.

Sebastio sentía una mezcla de emociones, ninguna de las cuales debería estar sintiendo. Edie parecía tan sincera que no la creía. Era evidente que no quería admitirlo. Sin embargo, no fue alivio lo que sintió al saber que solo había hecho realidad la fantasía de una jovencita.

Pensar que solo era una especie de casilla que ella hubiera marcado le resultaba seriamente irritante. Y no le gustaba pensar que no sería más que el primero de una larga lista de amantes.

De arriba llegaban voces. Los empleados regresaban.

–Tengo que vestirme –Edie se sobresaltó–. Hay mucho que hacer antes de la fiesta de mañana.

–Por supuesto –Sebastio se hizo a un lado para dejarla pasar.

A su nariz llegó el olor de ambos. De ambos, juntos. Resultaba increíblemente erótico y produjo un efecto inmediato sobre su excitación, que ya de por sí era elevada cada vez que esa mujer estaba cerca. Por mucho que deseara haber agotado su deseo por ella durante el fin de semana, era evidente que no iba a ser tan sencillo.

La agarró del brazo y sintió la tensión de cuerpo. Ella lo miró con sus grandes ojos azules.

–Esto aún no ha terminado, Edie.

Ella no contestó, limitándose a soltarse y subir las escaleras.

Sebastio reprimió el deseo de ir tras ella. Algo acababa de escapar de su control.

La noche siguiente, Edie seguía igual de confusa. «Esto aún no ha terminado».

Caminaba de un lado a otro de su dormitorio, contemplando la brillante caja negra que descansaba sobre la cama. Otra caja. ¿Con otro precioso vestido para seducirla?

Edie deseaba a Sebastio. No necesitaba que le comprara hermosos vestidos para seducirla. No se imaginaba ni un solo día sin desearlo. Y eso la asustaba.

El día anterior, al ver llegar el helicóptero, para despegar poco después, se había sentido momentáneamente aliviada, pensando que la ausencia de Sebastio la ayudaría a reflexionar sobre sus sentimientos. Y entonces Matteo le había entregado una nota.

Tengo que ir a la ciudad. Volveré mañana a tiempo para la fiesta.
Quiero que asistas, Edie.

SR

Y así sin más, había regresado el torbellino. Excitada, con el deseo y el pánico mezclándose a partes iguales. Pánico porque no estaba segura de poder continuar con ello sin sufrir un grave daño.

Se detuvo y contempló la caja como si se tratara de una bomba. Al fin, y porque no podía resistirlo, la abrió, apartando el papel de seda dorado. ¡Dorado!

Sacó un vestido tan impresionante en su elegante sencillez que se quedó sin aliento. Era de raso negro con un forro de color crudo. Sin hombros, largo y recto, de manga corta. La tela tan delicada que en sus manos parecía aire.

También había un par de zapatos y ropa interior. Un sujetador sin tirantes. Braguitas y medias.

Bastante malo había sido confesarle a Sebastio que había fantaseado con él, como si no hubiera ningún rincón de su mente al que no tuviera acceso. Y sabía que, si se permitía continuar con eso, sufriría una caída en picado de la que quizás no se recuperaría nunca.

Para Sebastio ella no era nada. Un momento fugaz de lujuria que pronto se agotaría.

Devolvió el vestido a la caja. No podía hacerlo. Siempre había sido de las personas que se enfrentaban a la realidad, y en esos momentos era imprescindible que lo hiciera.

Capítulo 7

ELLA, qué?

—Se ha marchado, Sebastio. Se fue con Jimmy hace un rato. Dejó una nota en tu despacho.

Sebastio no podía creérselo. Desde niño, nadie lo abandonaba.

Se sentía como si acabaran de golpearlo en el pecho. Era la sensación que había tenido el día anterior, la de que algo se escapaba a su control.

Entró en su despacho y cerró la puerta. Vio un trozo de papel sobre la mesa y se acercó. Empezaba a sentir otra cosa. Ira.

Recogió el papel y leyó la pulcra y concisa escritura.

Querido Sebastio,

Espero que no te cause demasiados inconvenientes que me marche ahora, dado que la última recepción se celebra esta noche.

Espero que encuentres todo en orden. Yo, por supuesto, volveré para la retirada de la decoración navideña a su debido tiempo.

Gracias por las oportunidades que me has dado, Sebastio.

Con mis mejores deseos,

Edie

Sebastio contempló fijamente la nota.

Gracias por las oportunidades...

¿Incluía eso la pérdida de la inocencia? Sebastio recordó fugazmente la sensación al hundirse dentro de ella por primera vez. La exquisita tortura mientras se controlaba para no hacerle daño.

Su primer pensamiento cínico fue que estaba jugando con él. Escapándose para que fuera tras ella. Pero casi de inmediato lo desestimó. Edie no jugaba. No sabría cómo.

Arrojó la nota y se acercó a la ventana. Ver llegar a los invitados lo puso enfermo.

El blanco y negro de su traje se reflejaba en el cristal. Nunca se había sentido así, a la deriva.

¿Por qué demonios se había marchado?

Era Nochebuena y Edie regresaba a su casa desde la tienda, donde todo el mundo compraba a la desesperada antes del cierre. La hermosa y blanca nieve se había convertido en un barrizal y el aire era gélido. Sobre su cabeza, el cielo estaba plomizo.

Las brillantes luces y la decoración tenían un aspecto barato, y Edie se dijo a sí misma, no sin cierto sarcasmo, que Sebastio se había cargado su ilusión navideña.

Intentaba no pensar en él ni en su reacción al ver la nota. No se habría sentido feliz, porque no le gustaba que las cosas no salieran según sus dictados. Pero tampoco creyó que le hubiera preocupado mucho. Sin duda habría acudido a la recepción, olvidándose de ella.

Había hablado con sus padres hacía un rato, y la alegría que había transmitido su voz al verse en las Bahamas lo había compensado todo.

«¿Incluso enamorarte de Sebastio?», susurró su vocecita interior.

Jimmy la había invitado a pasar la Navidad con él y su familia, pero ella se había excusado.

Al acercarse al edificio blanco en el que vivía, se dijo a sí misma que muchas personas pasaban solas la Navidad. Sin adornos. Ni regalos. Ni una bonita cena con pavo. Podría hacerlo.

Pero su traicionera mente se desvió automáticamente hacia lo que estaría haciendo Sebastio. A lo mejor ya había abandonado el país, dado que sus compromisos sociales habían concluido.

Y por eso, cuando oyó una voz familiar llamándola, pensó que alucinaba. Frunció el ceño y hundió la llave en la cerradura, pero volvió a oírla, con un toque de irritación añadida.

—Edie...

Se giró y vio a Sebastio. Parpadeó, pero él no desapareció.

Vestía pantalones y jersey negros. Y un abrigo oscuro con el cuello subido. Cuando ella por fin aceptó que no era una aparición sintió, sin poder evitarlo, una oleada de embriagadora alegría.

—Sebastio, ¿qué haces aquí? —Edie apartó la vista antes de volverla a posar sobre él

—¿Por qué te marchaste antes de la fiesta? —preguntó él con gesto adusto.

Sebastio se hizo a un lado para que unas personas subieran las escaleras. Ella los vio mirar con curiosidad a ese hombre, que la agarró del brazo y la llevó a un lado.

—Edie, aquí no podemos hablar. Subamos a tu apartamento.

—No —contestó ella presa del pánico ante la idea de estar a solas con él en un diminuto espacio.

—Por favor.

Ella lo miró. Tenía la mandíbula encajada.

–No pienso irme hasta que hables conmigo. Podemos hacerlo aquí o en mi apartamento.

Edie era muy consciente de no poder hacer nada en contra de la determinación de Sebastio.

–De acuerdo, en tu apartamento. Pero no me quedaré mucho tiempo.

–Por supuesto –él inclinó la cabeza–. Podrás marcharte cuando quieras.

Retrocedió un paso y un chófer salió del coche aparcado para abrirles la puerta. Edie respiró hondo y entró, con las bolsas de la compra. Sebastio entró por el otro lado y su olor la envolvió como un canto de sirenas.

–¿Has ido de compras? –preguntó Sebastio.

Ella contempló las bolsas de plástico que agarraba a modo de escudos, y las dejó en el suelo.

–Solo algunas cosas para los próximos días. Las tiendas estarán cerradas.

–¿No te vas a casa para Navidad?

–Mis padres están de viaje –ella sacudió la cabeza–. Les he regalado un crucero por el Caribe.

–¿Con el dinero que te pagué?

–¿Importa eso? –Edie miró a Sebastio.

–No. Es tu dinero. Entonces –continuó él–, ¿vas a pasar la Navidad sola?

–Sí.

–Podrías pasarla conmigo –propuso Sebastio tras un prolongado silencio.

–Sebastio... no –contestó ella con una sensación de indefensión, de inevitabilidad.

Pero él se limitó a pulsar unos cuantos botones para que subiera la mampara de separación.

Sebastio se acercó a Edie, que estaba clavada al asiento.

Antes de que pudiera detenerlo, él le quitó el gorro de lana de la cabeza y lo arrojó a su espalda.

–¡Eh! –protestó ella, aunque sin demasiada convicción.

–Pasa la Navidad conmigo.

Sebastio se inclinó sobre ella, dándole tiempo para apartarse, para decir que no. Pero Edie era incapaz de formar las palabras. No veía más que su boca, y sentía tanta hambre por saborearlo... él se detuvo a pocos centímetros. Torturándola. Poniendo a prueba su voluntad. Y Edie supo que no tenía fuerzas para rechazarlo.

Sus bocas se fundieron y Sebastio la atrajo contra él. Edie estaba hambrienta de él. Desesperada.

Tras varios minutos saboreándose, reaprendiéndose, Sebastio se apartó. Edie apenas era consciente de que el coche se movía y que Londres pasaba ante ellos. Podrían estar en la luna.

–¿Por qué negarte esto? –Sebastio sacudió la cabeza.

Eso mismo se preguntaba ella. Si no lo tenía, se moriría, aunque al final terminara por matarla.

A Edie no se le escapó la ironía. Enamorarse de Sebastio y continuar con la aventura sabiendo que era malo para ella se parecía mucho a la quimioterapia, tan tóxica como beneficiosa.

Una pequeña risita escapó de sus labios, mientras una especie de histeria eufórica la acometía. Consiguió controlarse y acarició la barbilla de Sebastio, trazando la línea de la mandíbula.

–Sí –susurró–. Pasaré la Navidad contigo.

Sebastio sintió una intensa satisfacción y no poco triunfo. Al ver a Edie en la calle, regresando a su casa, había tenido que controlar el impulso de agarrarla, meterla en el coche y llevársela.

Pero ya la tenía. Y eso era lo único que importaba. Sacó el móvil y llamó a su ayudante.

–Adelante con el plan. Lo antes posible.

–¿Qué plan? –preguntó Edie.

–Ya lo verás –contestó él misteriosamente antes de quitarle el abrigo para poder poner sus manos sobre las finas curvas sin que nada se interpusiera en el camino.

Cuando llegaron al apartamento de Mayfair, ya oscurecía. Edie intentó incorporarse después de haberse quedado dormida sobre el pecho de Sebastio. Él la había besado hasta volverla loca antes de detenerse al sonar el teléfono. Su voz gutural en español la había adormecido.

Se sentía a salvo, como si nada pudiese lastimarla. Pero también sabía el peligro que entrañaba aquello, algo de lo que ni siquiera un hombre como Sebastio Rivas podría protegerla.

–Vamos –Sebastio se bajó del coche y se agachó, ofreciéndole a Edie una mano.

Ella dudó un instante, su instinto de supervivencia entrando en escena... con retraso. Se imaginó a sí misma negándose a acompañarlo. Tomando el suburbano de regreso a su casa. Entrando en su pequeño apartamento. Acurrucándose, muerta de frío...

La mano que le ofrecía estaba tan cerca... Lo deseaba.

Y le permitió conducirla hasta su ático.

Edie nunca había estado en un ático, y mientras seguía a Sebastio, se quedó sin aliento. Era más que espectacular. Las paredes eran de cristal, ofreciendo una visión panorámica de Londres.

El mobiliario era moderno y funcional, con obras de arte abstracto repartidas por el amplio espacio. Predominaba el color gris y los muebles oscuros. Muy masculino.

Ella se acercó a una de las ventanas principales. Los

tejados de Mayfair se extendían a un lado, y el palacio de Buckingham estaba tan cerca que casi se podía tocar. El Támesis serpenteaba a sus pies. La cúpula de San Pablo tocaba el cielo a lo lejos.

—Sí que sabes elegir tus propiedades —observó Edie en tono ligero. Se sentía más que abrumada.

—Era la mejor oferta que había en su momento —él se encogió de hombros.

—No podría importarte menos, ¿verdad? —ella apartó la vista de la ventana y lo miró.

Hubo un destello de algo en su rostro, que Edie estuvo a punto de no percibir. Parecía dolor.

—No, el paisaje no suele interesarme mucho.

Edie sabía que lo decía en serio. Se sentiría igual viviendo en un dúplex a pie de calle. Pero lo que se esperaba de él era que viviera en un lugar como ese. Igual que la gente esperaba que su casa de Richmond estuviera hermosamente decorada en Navidad.

Pensó en el dormitorio espartano de la casa de campo y en cómo le había parecido una especie de flagelación, como la ducha fría. Edie sentía que su comportamiento era el resultado directo del accidente, como si hubiera puesto su vida en pausa, no permitiéndose vivir.

—¿Por qué te marchaste antes de la fiesta? —preguntó él, interrumpiendo sus pensamientos.

—Porque sentía demasiadas ganas de quedarme. Tu mundo es muy seductor, pero no es mi mundo. Pensé que lo mejor sería cortar por lo sano. Creí que no te darías cuenta.

Edie prefería que pensara que su mundo le había resultado más seductor que él mismo.

—Pues me di cuenta —Sebastio apoyó las manos sobre sus hombros y la giró—. Y mucho.

—Sé que esto no va a durar, Sebastio... —ella sintió una punzada de pena al pensar en el vestido.

–¿Todavía me deseas? –le preguntó él interrumpiéndola.

Edie se esforzó por no poner los ojos en blanco ante la obviedad de la respuesta, pero asintió.

–Yo también te deseo aún –afirmó Sebastio–. Sigamos juntos un poco más, a ver qué sucede.

«A ver qué sucede...». El corazón de Edie inició un alocado galope.

–Ya tengo planes para esta noche –añadió él.

Ella sintió una decepción tan aguda que casi dejó de oír la continuación.

–Tienes media hora para prepararte antes de salir.

–¿Salir? –Edie lo miró aliviada al saberse incluida en esos planes–. No hay nada abierto. Es Nochebuena.

–Esto es Londres –él sonrió levemente.

–No he venido preparada para salir –Edie se señaló los vaqueros gastados y el jersey deformado.

–No te preocupes por eso. Te mostraré tu habitación.

Edie lo siguió estupefacta por un largo pasillo hasta el dormitorio. Elegantemente discreto, con una enorme cama y muebles modernos. Las ventanas ofrecían otra impresionante vista.

–Mi habitación se comunica con la tuya. Compartiremos cama, Edie, pero este será tu espacio.

Ella lo miró deseosa de hacer algún comentario ingenioso, para aplastar, siquiera ligeramente, esa arrogancia. Pero por supuesto que iba a compartir cama con él. Para eso estaba allí, ¿no?

Sebastio abrió otra puerta y reveló un vestidor y un cuarto de baño. Los colgadores y los cajones estaban ocupados con ropa.

Tomó un par de vaqueros. Eran de su talla. Dio un respingo y se volvió hacia Sebastio.

–¿Todo esto es para mí?

Él asintió y tomó una prenda levantándola en el aire. Era el vestido negro de raso.

–Ponte este hoy, por favor.

Edie tomó el vestido. Se sentía como Alicia en el país de las maravillas, deslizándose por la madriguera del conejo sin saber si volvería a encontrar la salida.

–De acuerdo...

–Media hora, Edie –le recordó él mientras salía de la habitación.

Media hora más tarde, Sebastio seguía delante de la ventana a la que se había asomado Edie al entrar en su casa. Había hecho falta ver su reacción para recordar que no todo el mundo sentía una punzada de culpabilidad ante lo afortunado que era. Afortunado por esas vistas, por poseer ese apartamento, junto con unos cuantos más, por poder caminar sobre sus dos piernas.

«Afortunado por estar vivo».

Se preguntó si había hecho lo correcto llevando a Edie allí siguiendo los dictados de su voraz deseo por ella. Esa mujer comprendía demasiadas cosas, y había visto demasiado. Todavía recordaba la sensación de sus brazos rodeándolo en la ducha. La fuerza con la que lo había abrazado. La emoción que no había podido controlar. Tenía que anular eso con otra cosa.

«Con pasión».

La había tomado como un cavernícola. Y ella se lo había permitido. Su cuerpo lo había exprimido, y él se había agotado hasta alcanzar el olvido como nunca antes lo había logrado.

Oyó un ruido y se apartó de la ventana. Cualquier arrepentimiento por haberse llevado a Edie a su casa se esfumó en una oleada de calor y lujuria. Ella estaba en la puerta, y parecía una diosa.

El vestido se amoldaba a su cuerpo y, durante un segundo, Sebastio pensó que debajo estaba desnuda, porque solo se veía piel. Pero entonces se dio cuenta de que era el forro. Edie tenía los hombros delgados y rectos. Su corta y brillante melena resaltaba la elegancia de su largo cuello. Esa mujer estaba hecha de una fantasía que Sebastio no sabía que tuviera.

–Estás... impresionante.

Ella entró en la habitación, encantadoramente insegura. De nuevo, fugazmente, Sebastio pensó que si estaba fingiendo era la mejor actriz del mundo. Por primera vez odió ser tan cínico.

–Gracias –ella se detuvo ante él–. El vestido es precioso. No deberías haberte molestado.

Sebastio no le explicó lo mucho que iba a disfrutar quitándoselo después.

–Mi chófer espera. Vámonos.

–¿Adónde vamos? –preguntó ella, ya en el coche.

–Espera y verás –Sebastio se llevó la mano de Edie a los labios y le besó el dorso.

Le sorprendió lo mucho que estaba disfrutando con ese juego, lo mucho que disfrutaba de cada reacción de Edie a todo. Era como una niña emocionada. Con los ojos brillantes. Si no tenía cuidado, quizás podría encontrar sus ingenuas reacciones más adictivas de lo que le gustaría.

Edie seguía sin saber adónde mirar, aunque ya llevaban allí un par de horas y habían cenado una sucesión de diminutas porciones de comida, más parecidas a una obra de arte, pero deliciosas.

El restaurante era lujoso y discreto. Decorado e iluminado con mucho gusto para la ocasión. Los reservados y la disposición de las mesas protegían la intimidad de los clientes, sin impedirles disfrutar de las vistas. Apuraron sus copas de champán mientras un camarero les ofrecía café.

Ella sacudió la cabeza, no queriendo borrar la deliciosa sensación de ligereza. Era como un sueño del que no se quería despertar. Solo veía Londres, que se extendía como una brillante alfombra de mágicas luces navideñas... Y también veía a Sebastio.

No sabía cuál de las dos vistas era más impresionante.

Bajo su mirada, Edie se sentía hermosa, cuando durante años se había sentido defectuosa.

—¿Qué es esa marca, justo debajo de la clavícula?

Edie se quedó helada. Sebastio estaba mirando la cicatriz de la quimio. Instintivamente se llevó una mano al lugar. No se había dado cuenta de que resultaba visible con el escote de ese vestido.

—Es una cicatriz de una vieja herida —contestó, mientras tomaba un sorbo de champán—. Debes de echar mucho de menos el rugby —cambió de tema—. Era casi toda tu vida.

Enseguida lamentó haberlo dicho, pero, para su sorpresa, la expresión de Sebastio se suavizó.

—Sí lo echo de menos, más de lo que nadie puede entender, salvo, quizás, otro jugador retirado.

—¿Cómo empezaste? —preguntó ella, intrigada—. No parece el camino lógico de alguien llamado a heredar un imperio bancario.

—No lo es —él la miró con ironía—. Al contrario. Pero un verano asistí a un campamento cerca de Buenos Aires, como castigo por haber enfadado a mi padre, y tenían un equipo de rugby. Probé y me di cuenta de que se me daba bien. Me enganchó. Y el que mis padres se enfurecieran al saber que deseaba continuar practicándolo, me convenció para hacerlo. Mi interés continuó en Europa, donde estudié. Aquí es un deporte muy popular.

–A mi padre le entusiasma –confesó Edie–. Creo que incluso estuvo en ese partido que jugaste en Edimburgo hace cuatro años.

–¿Y tú no?

Ella sacudió la cabeza. Habían regresado sin querer a ese lugar del que ella intentaba alejarlo.

–Tenía otras cosas en la cabeza...

–¿Nos vamos? –Sebastio le tomó una mano, entrelazando los dedos con los suyos.

Edie asintió, aliviada por que no hubiera insistido en saber más. Desde que lo viera mirándola en el salón, había estado preparada para aquella noche. Sentía la piel tensa, la sangre burbujeante.

Cuando regresaron al apartamento, Sebastio se detuvo en la entrada tras abrir la puerta. La situó delante de él, de espaldas a él, y le tapó los ojos con una mano.

–Sebastio... –Edie llevó las manos hasta las suyas–. ¿Qué...?

Pero él la empujaba al interior. Edie no veía nada y se dejó llevar.

–¿Sebastio...? –la tensión se acumuló cuando se detuvieron. No se oía nada.

Él retiró lentamente las manos y Edie se tomó unos segundos para acostumbrar la vista. Al contemplar la escena se quedó sin aliento. Un enorme árbol de Navidad presidía en una esquina, engalanado con adornos y velitas que parecían auténticas, a pesar de ser luces LED.

A los pies del árbol se acumulaban cajas, envueltas en papel de color plata y rosa, de distintos tamaños. Todo el apartamento estaba decorado con mucho gusto, respetando el estilo de la casa. Olía a especias y se oía una música de jazz tocando clásicos navideños.

¿Sebastio había hecho eso por ella? No quería mirarlo, por si adivinaba la emoción que sentía.

—¿Te gusta? —el tono de voz de Sebastio era extrañamente inseguro.

—Me encanta —susurró ella—. Pero yo creía que esto era mi trabajo.

—Tu trabajo para mí ha concluido oficialmente —él sacudió la cabeza y se colocó frente a ella—. Contraté a la empresa que había trabajado a tus órdenes en la casa —sus labios se curvaron—. Les pagué una pequeña fortuna para que hicieran esto en el menor tiempo posible.

—No tenías que haberte molestado, ni gastado, tanto —Edie sintió que el pecho se le inflamaba.

—Te pedí que fueras mi invitada en Navidad, y sé que esto te encanta.

Edie parpadeó rápidamente y tuvo una punzada de pánico. Murmuró algo sobre tener que ir al baño y, una vez allí, dejó fluir las lágrimas, apretando la boca con una mano para evitar emitir sonido alguno. Emocionarse tanto era ridículo, pero el gesto había sido tan considerado, nada que ver con lo que esperaría de Sebastio. Sobre todo, por lo mucho que odiaba la Navidad.

Tras recuperar la compostura, y lavarse la cara con agua fría, regresó junto a Sebastio.

—¿Whisky? —él le ofreció una copa.

Edie esperaba que no se hubiera dado cuenta de que había estado llorando. Aceptó la copa y tomó un pequeño sorbo antes de devolvérsela. Qué ridículamente íntimo compartir su whisky.

—Para ser un hombre al que no le gusta la Navidad, finges muy bien.

Sebastio tomó un sorbo y la miró. Solo entonces se dio cuenta ella de que se había quitado la chaqueta y aflojado la pajarita y el botón de la camisa.

—No siempre odié la Navidad.

–¿En serio? –ella lo miró intrigada.

–Solía pasar la Navidad aquí, en Londres, con mi abuela materna. Mi madre es medio inglesa. Mis padres me dejaban con ella mientras disfrutaban de su crucero anual por el Caribe.

Edie escuchó el relato de esos años en los que Sebastio había vivido una relativa normalidad. Mencionó al perro de su abuela, un spaniel de un solo ojo llamado Charlie.

–Cuando mi abuela murió –él hizo una mueca–, mis padres se negaron a que me llevara a Charlie a Argentina. Lo hicieron sacrificar.

–Tu abuela debió de ser una mujer encantadora –observó ella emocionada–, y lo que hicieron tus padres fue horrible.

–Créeme –contestó él con amargura–, ese fue el menor de sus pecados.

Edie fue consciente de lo solo que debía de haber estado Sebastio, y de la suerte que había tenido ella con su infancia, modesta aunque llena de amor.

–Pero ahora mismo no me interesa realmente hablar de eso.

–¿Y qué te interesa entonces? –preguntó ella con picardía.

Sebastio la atrajo hacia sí y la giró antes de rodearle la cintura con sus grandes manos. Ella sintió su aliento, y luego sus labios, sobre la nuca antes de deslizarse hasta sus hombros.

El aire rozó su ardiente piel mientras él le bajaba lentamente la cremallera del vestido. Edie debería sentirse preocupada, pues estaba delante de una ventana, pero la sensación era a la vez ilícita y maravillosa. Veía su reflejo en el cristal mientras el vestido caía hasta la cintura.

Sebastio le deslizó el vestido por las caderas hasta

que cayó al suelo. También debería preocuparle eso.
Sebastio se acercó tanto a su espalda que sentía la erección a través de la ropa. Posó una mano sobre su estómago antes de deslizarla hasta cubrir un pecho.

El pezón se endureció dolorosamente contra el raso
del sujetador y él lo pellizcó levemente.

–Quiero que estalles en pedazos, Edie –le susurró al
oído.

Ella se estremeció como un arco tensado. Sebastio
le desabrochó el sujetador y se lo quitó. Salvo por las
braguitas, estaba desnuda. Él le hizo contemplar su reflejo en el cristal mientras acariciaba su cuerpo como si
fuera un instrumento hasta que ella arqueó la espalda y
él hundió una mano entre sus piernas, acariciándola
hasta hacerla alcanzar un explosivo orgasmo.

Edie estaba tan floja que él tuvo que llevarla en brazos hasta el dormitorio, donde la tumbó sobre la cama.
Tras desnudarse con movimientos ágiles y elegantes, se
tumbó junto a ella.

Y mientras él se hundía dentro de ella con fuerza,
Edie se preguntó si alguna vez dejaría de desearlo con
esa insaciable hambre.

Sebastio se despertó a la mañana siguiente y alargó
una mano, frunciendo el ceño al no tocar a Edie. Se incor-
poró y vio que la habitación estaba vacía. Con una punzada de frustración se acercó a la puerta que comunicaba
con el dormitorio de Edie. No debería habérselo ofrecido.

Pero tampoco la encontró allí.

Se puso un pantalón de chándal y un jersey y entró
en el salón. Amanecía sobre la ciudad y, al verla se
quedó sin aliento. Estaba sentada en una silla, vistiendo
una bata, la suya.

Tenía las piernas encogidas y la barbilla descansaba

sobre las rodillas, y miraba por la ventana con una tímida sonrisa. Los cabellos estaban revueltos y Sebastio sintió la urgencia de tomarla en brazos y llevarla de vuelta a la cama. Por algún motivo, le irritaba que algo le hiciera sonreír.

—Lo siento —ella debió de oírle porque se volvió—, no pretendía despertarte.

—No lo has hecho —le aseguró él mientras se acercaba.

Incapaz de no tocarla, la levantó de la silla antes de sentarse y posicionarla sobre su regazo.

—Estaba muy cómoda, para que lo sepas —Edie se rio.

—Pero apuesto a que ahora lo estás aún más.

Ella se sonrojó y Sebastio deslizó un nudillo por su barbilla.

—Me sorprende que te sonrojes con tanta facilidad después de lo que hemos hecho esta noche. ¿Qué hacías aquí?

—Viendo despertar a la ciudad —ella se encogió de hombros—. La mañana de Navidad siempre me ha parecido mágica —escondió el rostro en el hombro de Sebastio—. Pensarás que soy tonta.

Él sacudió lentamente la cabeza. Edie había encendido las luces navideñas, que emitían un dorado brillo. Era la primera vez que su casa estaba decorada para Navidad y le recordó las que solía pasar con su abuela. Por primera vez esa casa le pareció que tuviera alma.

—Tengo un regalo para ti —anunció.

—Eso no es justo —Edie se puso tensa—. Yo no tuve tiempo de preparar nada.

Cualquier otra mujer que él hubiera conocido se estaría relamiendo.

Sebastio se levantó, con Edie en sus brazos, y la llevó hasta el árbol.

—Me temo que la mayoría de estas cajas están vacías —se excusó—, pero esta es para ti.

Le entregó una cajita envuelta, sintiéndose ridículamente cohibido. Era muy consciente de que, debajo de esa bata, no llevaba nada. Los pechos se le marcaban provocativamente.

–No hacía falta –ella lo miró y se mordió el labio inferior.

–Ábrelo ya, Edie –gruñó él. No estaba seguro de poder controlarse.

Edie desenvolvió el paquete con el corazón acelerado. Se sentía fatal. ¿Cómo no se le había ocurrido comprarle algo a Sebastio? De nuevo ese hombre la sorprendía.

El papel cayó, revelando una caja negra rectangular. Ella la abrió y respiró entrecortadamente. Era un collar de plata con un diamante en forma de lágrima, engarzado en platino.

Miró a Sebastio. Su aspecto era muy peligroso, con los cabellos revueltos y la sombra de barba. Ella se sentía arrastrada en un torbellino, aunque no debería, pues seguro que había hecho lo mismo con millones de mujeres. Desesperadamente intentó no atribuirle ningún significado especial.

–No puedo aceptarlo, es demasiado.

Sebastio sacó el collar de la cajita y se lo abrochó antes de que ella pudiera decir nada más. Para tener unas manos tan grandes, era muy hábil. Edie se llevó una mano al cuello. El diamante descansaba justo debajo del hueco del centro de las clavículas.

–Pero yo no tengo nada para ti...

–Puedes volver a la cama y mostrarme tu agradecimiento –sugirió él con una sonrisa traviesa.

Mucho más tarde, Sebastio le ofreció a Edie la cena, servida y preparada por Fortnum & Mason. Estaba compuesta por los típicos manjares navideños. Y lo degustaron vestidos solo con una bata.

Mientras anochecía sobre Londres, Edie supo que esa Navidad quedaría grabada en su memoria para siempre. Era la clase de Navidad que ella no hubiera creído posible. Estaba profunda e irrevocablemente sometida al hechizo de Sebastio, y temía que fuera demasiado tarde para salvarse.

Pasara lo que pasara, saldría de la experiencia emocionalmente tocada. Más que herida. Pero no lo habría cambiado por nada. Cuando llegara el dolor, porque llegaría, ya se enfrentaría a él.

Capítulo 8

QUIERO que vengas conmigo a Argentina.
–¿Argentina?
Sebastio asintió y se apartó del marco de la puerta
acercándose con su habitual gracia atlética, y el cuerpo
de Edie respondió enseguida. Todavía sentía los efectos
de la noche anterior. A duras penas había conseguido
levantarse, lavarse y comer algo. Sobras de la cena navideña.

–Tengo varias reuniones en Buenos Aires, y me han
invitado a una fiesta de Año Nuevo. Después, podría
llevarte un par de días a mi isla.

Edie recordó la mención de Santa Azul. Sonaba muy
exótico y muy alejado de su nivel.

–Me encantaría, pero... Pero no puedo marcharme
sin previo aviso.

–¿Por qué no?

–Porque para algunos de nosotros no es tan sencillo,
Sebastio –contestó ella irritada.

–Sé muy bien que la vida no es sencilla, Edie –él se
detuvo–. No digo que lo sea, pero tampoco voy a dis-
culparme por tener recursos que pueden, digamos, facilitar las cosas.

Edie se sintió avergonzada. Ese hombre había sido
sumamente generoso con ella.

–Lo siento, pero no creo que sea buena idea.

Temía que le preguntara el motivo, porque en su
estado emocional podría contarle la verdad. Se había

enamorado locamente de él y luchaba por mantenerse a flote en un mar de emociones.

—¿Cuándo regresan tus padres del crucero?

—La tercera semana de enero —contestó ella.

—¿Y cuándo tienes que volver al trabajo?

—Helen todavía no me ha dado una fecha.

—De manera que, de momento, no tienes ningún compromiso...

Como si percibiera su vacilación, Sebastio se acercó. Edie no tenía ninguna posibilidad contra él cuando estaba al alcance de su mano. Y menos cuando le acariciaba el cuello y la atraía hacia sí.

—Ven conmigo. Quiero mostrarte Buenos Aires, y te encantará mi isla. Aún no hemos terminado.

«Pero pronto sí». No hacía falta que se lo recordara.

La parte débil de Edie razonó que no le podría hacer ningún mal continuar unos días más. Sebastio le hacía sentir viva. Cosas que había deseado sentir durante mucho tiempo. Cosas que temía que no volvería a sentir. ¿Cómo iba a rechazar lo que le estaba ofreciendo?

Edie miraba por la ventanilla del avión mientras sobrevolaban la costa este de Argentina y se dirigían hacia Buenos Aires. Sebastio la miraba fijamente. Llevaba puestos unos pantalones y una camisa de seda brillante, con un lacito en el cuello que él se moría por desatar.

¿Qué tenía esa mujer para mantenerlo cautivo? Cuanto más la disfrutaba, más quería de ella. En lugar de disminuir, su efecto sobre él aumentaba. Nunca le había sucedido algo así.

Era lo único que le impedía arrastrarla hasta la parte trasera del avión y hacerle el amor. El insaciable deseo le hacía sentirse fuera de control.

–¿Por qué te cortaste el pelo tan corto? –le preguntó de repente–. Lo llevabas más largo.

Edie se llevó una mano a los cabellos y evitó el contacto visual con Sebastio. Él ya se había dado cuenta de ese gesto, y le entraron ganas de sujetarle la barbilla para obligarla a mirarlo.

–Es que... resultaba más práctico para trabajar.

Por primera vez, Sebastio tuvo la sensación de que mentía. ¿Por qué mentir sobre su pelo?

Ella se agachó y recogió el periódico que había estado leyendo, y se lo pasó a Sebastio.

–¿Este no es tu amigo, el que estaba en el coche la noche del accidente? Al parecer, se ha casado.

Sebastio contempló una foto de Víctor Sánchez, sentado en su silla de ruedas y dándole la mano a una mujer que lo miraba con una gran sonrisa. Era muy guapa, de cabellos oscuros recogidos en un bonito moño. Llevaba un vestido blanco y un ramo de flores en la otra mano.

«Casado».

–Parecen muy felices.

Sebastio apenas oía a Edie por encima del rugido de su cabeza. Echó un vistazo al artículo...

Miranda, cuidadora de Víctor tras el accidente... enamoraron... segunda oportunidad tras la horrible tragedia que se llevó a su esposa y...

Sebastio soltó el periódico. Solo veía el rostro de Víctor, herido y distorsionado de odio y rabia.

«Maldito seas, Sebastio. Mataste a Maya y a mi bebé. Has destrozado mi vida. No merecías sobrevivir. Eres incapaz de amar a nadie... nosotros teníamos amor. Teníamos todo el futuro por delante y tú nos lo arrebataste...».

Atrapado en el pasado, lentamente fue consciente de Edie, apoyando una mano sobre su brazo y dándole un whisky. Sebastio bebió, permitiendo que el alcohol restableciera su equilibrio.

—Lo siento, no debería habértelo enseñado. Pero pensé que se trataba de algo bueno.

—Estoy bien —masculló él entre dientes. Necesitaba a Edie con tal urgencia que le asustaba.

Aunque nunca había estado menos bien en su vida.

—Fue culpa mía —le explicó sin que ella preguntara—. El accidente.

—¿Qué pasó?

—Regresábamos de un partido. Maya estaba sentada en el asiento de atrás. Aparté la mirada de la carretera durante un segundo y eso fue todo. Un conductor borracho invadió el carril contrario y nos embistió. Cuando me di cuenta ya era tarde. Fue un choque frontal. Y yo salí indemne.

Sebastio respiró hondo y continuó.

—Víctor quedó paralítico de cintura para abajo. Era uno de los mejores jugadores de rugby y acababa de firmar un contrato con uno de los más grandes clubes de Europa. Maya era medio francesa, iban a instalarse en París unos cuantos años.

La voz de Sebastio era monótona, pero Edie percibió la emoción subyacente. Lamentó haberle enseñado el artículo. Solo había pretendido que no siguiera preguntándole por su pelo.

—Maya salió disparada del coche. Ella y su bebé murieron casi en el acto.

—No me puedo imaginar lo que debió de ser, experimentar una tragedia así —susurró ella.

Aunque lo cierto era que sí se lo imaginaba.

Había visto a gente cercana morir mientras ella seguía viva. Sabía cómo se sentía Sebastio.

–Lo tenían todo a su favor –continuó él–. Solo llevaban casados un año y estaban a punto de tener un bebé,
de iniciar una nueva vida en Francia...

–Pero no fue culpa tuya. El otro conductor iba borracho.

–Si yo no me hubiese distraído –Sebastio se volvió
bruscamente hacia ella–, lo habría visto venir, podría
haberme desviado, algo. Víctor tuvo razón al culparme.

Una azafata les informó del inminente aterrizaje. Edie
se ajustó el cinturón de seguridad y miró a Sebastio.

Edie se mordió el labio inferior. El peso de la culpa
de Sebastio pesaba entre ellos. Deseaba calmar su dolor, asegurarle que no había sido culpa suya. Pero parecía decidido a autoinculparse.

Y ella no podía permitirse implicarse aún más.

Pero, cuando el avión tocó tierra, supo que ya estaba
implicada. Más allá de toda esperanza.

Edie quedó fascinada por la belleza de Buenos Aires
mientras circulaban en un todoterreno con chófer.

–¿Te importa? –le consultó a Sebastio mientras bajaba la ventanilla.

Él se encogió de hombros y sonrió, la expresión ta-
citurna fue reemplazada por otra cosa. Allí había vivido
una trágica experiencia, y una niñez no muy feliz, pero
estaba claro que amaba su ciudad.

Edie no tenía tiempo de asimilar todo lo que veía
mientras avanzaban por los anchos bulevares. No sabía
mucho de arquitectura, pero algunas casas le record-
aban imágenes de París.

Los parques estaban perfectamente trazados, los niños jugaban junto a las fuentes y los ancianos charlaban
en grupos. Todo resultaba refinado y exótico, nada que
ver con la fría y gris Londres.

Se detuvieron en una tranquila calle que bordeaba uno de los parques. Sebastio la ayudó a bajarse y de inmediato Edie se sintió acalorada. El verano en el hemisferio sur era intenso.

–Gracias por esto... –ella se volvió hacia él antes de entrar en el edificio–. Me encanta.

–Acabamos de llegar –él sonrió.

–Lo sé –Edie se negaba a avergonzarse por su torpeza–, pero gracias de todos modos.

Sebastio observó a Edie entrar en el vestíbulo de su edificio, pues era el dueño de todo el edificio, y vio el efecto de su sonrisa sobre el conserje. Fulminó al hombre con la mirada y condujo a Edie hasta el ascensor, hasta su piso. El último piso.

Sus palabras resonaron en su mente «No podría importarte menos, ¿verdad?». Pero el problema era que sí le importaba. Simplemente había dominado el arte de fingir que no.

La felicidad de Víctor en la foto del periódico le había impactado profundamente. Ese hombre lo había perdido todo, pero aún tenía la capacidad de amar y buscar la felicidad.

Sebastio llevó a Edie hasta la terraza que rodeaba el apartamento. Se quitó la chaqueta y se reunió con ella, apartando todo lo demás de su mente. Todo salvo ella y esa loca química.

Era parte del motivo por el que le había pedido que lo acompañara. Esperaba que su atracción por ella se disipara. Pero aún no. Se apretó contra ella, rodeándole la cintura con los brazos.

Edie puso las manos sobre las de Sebastio. Durante un instante tuvo una extraña sensación, y le agarró los brazos como si temiera caerse.

–¿Estás bien? –él se puso tenso.

–Será el hambre –ella asintió. El mareo se le pasó tan rápidamente como había llegado.

–Salgamos a comer algo, pero antes...

Sebastio la giró, colocándola de espaldas a la pared de la terraza. Ella lo miró y, por impresionantes que fueran las vistas de Buenos Aires, sabía cuál elegiría.

–¿Cómo de hambrienta estás? –él se apretó contra ella.

Edie sintió la erección contra su cuerpo. Su cuerpo y su mente se fundieron.

–Estoy famélica.

–¿Dónde estás?

–En el cementerio, buscando la tumba de Eva Perón.

–Limítate a seguir a los demás turistas, será la manera más sencilla de encontrarla.

La noche anterior, después de haber salido a comer algo, muy tarde ya, Edie le había entregado tímidamente una bolsa.

–Es una tontería. No te compré nada por Navidad.

Sebastio aún recordaba la opresión que sintió en el pecho al abrir la bolsa y sacar un perrito de peluche. Edie le había colocado un parche en un ojo.

–No debe de parecerse en nada al perro de tu abuela, pero bastará hasta que tengas tu propio perro.

Ninguna mujer le había hecho un regalo jamás. Y sus posibilidades de tener un perro eran casi nulas. Pero, durante un instante, esa posibilidad había existido. En algún futuro lejano.

El gesto había sido muy tierno y Sebastio la había deseado aún más.

Oyó un zumbido de voces a su espalda y se volvió hacia una larga mesa llena de empleados suyos. Su jefe de personal estaba sentado a la cabecera y miró a Sebastio.

Era una de las pocas personas que había conservado de los tiempos de su padre, pero ya había cumplido su propósito.

–Quédate donde estás –le dijo a Edie–. Me reuniré contigo.

–Pero ¿cómo me vas a encontrar?

–Te encontraré –con su pálida piel y pelo rojo, Edie destacaba en Buenos Aires como un faro.

Sebastio concluyó la reunión, dándoles el día libre a sus empleados y despidiéndose hasta el siguiente año. Después se llevó a su jefe de personal a un lado y le informó que quedaba despedido y que recibiría una sustanciosa indemnización, a contar desde primeros de año.

Edie sabía que Sebastio se iba a reunir con ella, pero aun así no estuvo preparada para verlo atravesar el magnífico e imponente mausoleo de tumbas del cementerio Recoleta, con la chaqueta colgada de un hombro y la otra mano en el bolsillo. Su corazón comenzó a latir alocadamente.

–¿Ya has presentado tus respetos a Evita? –preguntó él deteniéndose frente a ella, deslumbrante.

Edie asintió.

–Bien –contestó él antes de tomarla de la mano y alejarla de allí.

Pasaron la tarde recorriendo los coloridos distritos locales. A Edie le encantaba explorar las amplias calles y estuvo a punto de llorar al ver a una pareja de artistas callejeros bailar un melancólico tango.

Sebastio puso los ojos en blanco y murmuró «Turistas...», ganándose un puñetazo en el brazo.

Él respondió besándola en medio de la calle, para deleite de los paseantes.

Edie seguía teniendo la cara roja tras la pública demostración de afecto cuando entraron en una exclusiva
boutique en una calle secundaria.

–¿Qué haces? –susurró Edie agarrándolo del brazo.

–¿Recuerdas que te hablé de una fiesta? –contestó
él–. Es la fiesta de Año Nuevo que da un amigo mío, en
su casa mañana por la noche. Necesitarás un vestido.

Una cosa era estar a solas con Sebastio y otra conocer a sus amigos. Ella no era uno de ellos.

–Son gente agradable –él pareció leerle el pensamiento–. Te lo prometo.

Edie sonrió tímidamente mientras una hermosa mujer de cabellos oscuros se acercaba y hablaba en español con Sebastio. Antes de que pudiera protestar se la
llevaron mientras él se sentaba en una silla y le servían
un café y el periódico.

Era evidente que Sebastio estaba acostumbrado a
eso, porque parecía tan en casa allí como en su apartamento. Y estaba claro que las empleadas lo conocían...
a él y a sus amantes.

Mientras las mujeres se afanaban a su alrededor, ella
se dijo a sí misma que no debería sentirse dolida. Aquello no era más que un recordatorio de que lo suyo tenía
una fecha de caducidad.

Para cuando Edie salió del probador con otro vestido, el nivel de excitación de Sebastio alcanzaba límites muy elevados. Y casi explotó al ver el muy corto,
muy ajustado, vestido azul marino de lentejuelas. En
cualquier otra persona habría parecido vulgar, pero la
elegancia innata de Edie, y sus largas y torneadas piernas, lo elevaban a la categoría de alta costura.

Tenía el cuello alto y las mangas hasta el codo, y se
pegaba a su cuerpo como una segunda piel, marcando

las finas curvas de los muslos, y la firme elevación de sus pechos.

–Nos lo llevamos –sentenció Sebastio con voz ahogada–, y también todos los demás.

–Sebastio, en serio, no hace falta... –Edie lo miró espantada.

Él se levantó, ignorándola, dándole instrucciones a la vendedora antes de pagar.

Cuando Edie se hubo vestido con sus ropas, unos harapos comparado con los vestidos que se había probado, salió del probador y vio al chófer de Sebastio llevando al coche lo que le parecieron cientos de bolsas. Debía de haberle comprado aún más cosas.

–En primer lugar –se volvió a Sebastio en cuanto salieron a la calle–, gracias, eres muy generoso. Pero realmente no era necesario. No necesito toda esa ropa, ¿cuándo voy a ponérmela?

La expresión de Sebastio le resultó indescifrable y eso le puso muy nerviosa.

–Podrás hacer con ellos lo que quieras, Edie. Son un regalo.

Para él no era más que ropa para adornar a su última amante, y él podía permitírselo.

Lo que más le molestaba a Edie, sin embargo, era que ella no quería ser como sus otras mujeres...

La noche siguiente Edie, muy nerviosa, se acercó a la entrada de la casa del amigo de Sebastio.

El anfitrión había sido de sus más íntimos amigos de la infancia. Estaba casado y tenía dos hijos. De modo que cuando llegaron a la puerta y vio a una hermosa pareja, él alto, moreno y atractivo, vestido de esmoquin, y ella exquisita y guapa, ojos oscuros, pelo castaño recogido en un moño, ambos sonrientes, algo se relajó en Edie.

–Edie, te presento a Rafael y a Isobel Romero.

Isobel se adelantó, sonriendo cálidamente, impresionante con su vestido largo de lentejuelas.

–Edie, encantada de conocerte. Gracias por venir.

–El placer es mío –Edie sonrió.

Rafael también se presentó, pasando un brazo firmemente alrededor de la cintura de su esposa. Solo entonces se fijó Edie en la protuberancia que se adivinaba bajo el ajustado vestido de Isobel.

–Tengo que calcular mejor –susurró ella–. Estar embarazada cuando más calor hace no es muy inteligente, pero, no sé cómo, siempre hago lo mismo.

–Pareces inglesa.

–Mi padre era inglés, y pasé muchos años en Inglaterra. Me encanta tu pelo. Yo también solía llevarlo así de corto, y estoy pensando en cortármelo otra vez, es mucho más práctico.

–Ni hablar –intervino su marido, mirando a Edie–. Tu pelo es precioso, pero prefiero que mi esposa lo lleve largo.

Isobel puso los ojos en blanco, pero Edie vio un brillo burlón y algo mucho más ardiente pasar de uno a otro. Sintió una punzada de envidia ante su evidente afecto, y justo en ese momento dos bultos chocaron contra ellos. Una niña de ocho años, una minicopia de su madre, y un niño de unos cinco, una atractiva réplica de su padre.

Edie sintió un nudo en el estómago. Un vacío. Siempre había sabido que no era probable que los niños formaran parte de su futuro, pero nunca lo había sentido con tanta fuerza. Era desconcertante, con Sebastio a su lado, un hombre que no quería tener una familia.

Rafael e Isobel les presentaron a los niños, Beatriz y Luis, que saltaban excitados por los fuegos artificiales que habría más tarde. A continuación los enviaron junto a las niñeras mientras conducían a Edie y a Sebastio hasta el meollo de la fiesta para saludar a todos.

La fiesta se celebraba en una enorme carpa en el precioso jardín trasero, iluminado con miles de luces de colores. Hacía que sus habilidades como decoradora parecieran nimias.

La casa se alzaba sobre una colina y ofrecía una espectacular vista de la ciudad, hasta el puerto, donde los últimos rayos de un rojo sol teñían el cielo.

Sebastio miró a Edie. Sus ojos se abrían enormes y tuvo que contenerse para no abrazarla delante de Rafael. Le sorprendía lo posesivo que se sentía. Se había fijado en cómo Rafael miraba a Edie, sin duda porque no se parecía a las mujeres con las que Sebastio solía salir.

Edie atraía sin esfuerzo todas las miradas, con sus infinitas piernas blancas y su esbelto cuerpo. Sebastio lamentó haberle comprado ese vestido, aunque había otras mujeres más ligeras de ropa.

Al final cedió y le rodeó la cintura con un brazo, volviéndola hasta tenerla de frente. Mirándolo. Lo único que veía eran esos grandes ojos azules de largas pestañas. Y la provocativa boca.

Se inclinó y la besó apasionadamente.

Al apartarse, comprobó con satisfacción que Edie necesitó varios segundos para abrir los ojos.

–¿Y eso a qué ha venido? –preguntó, aturdida.

«Eso, ¿a qué ha venido?», preguntó su burlona voz interior en la cabeza de Sebastio.

Estaba perdiendo el control. Nunca antes había sentido la necesidad de reclamar a una mujer como suya, y no pudo contener la verdad que surgió de sus labios:

–No puedo evitar besarte cuando me miras así.

Edie hubiera preferido que no lo hiciera. Porque su

corazón temblaba con una peligrosa esperanza. Porque no significaba nada. Ni el hecho de que fuera su primera amante en cuatro años. Solo significaba que la deseaba. Pura química física. Sin nada de emoción.

Cuando estallaron los fuegos artificiales en el cielo de Buenos Aires, Edie se alegró de estar sentada sobre la hierba, entre las piernas de Sebastio, con la espalda contra su pecho, para que no pudiera ver las lágrimas que llenaban sus ojos ante tanta belleza.

No solo llamaban su atención los fuegos artificiales. También ver a Isobel y a Rafael, cada uno con un hijo en brazos. Una unidad de amor y familia. Edie sintió un dolor físico en el estómago.

–¿Todo bien? –le susurró Sebastio al oído.

Ella asintió, aterrada de que se trasluciera algo de la agitación que sufría.

–¿Lista para irnos? –la voz de Sebastio era ronca y cargada de intención.

Deslizó una mano hasta posarla sobre la que Edie tenía apoyada en el estómago. Ella sintió su cuerpo despertar a su espalda y cerró los ojos ante la inevitable reacción, preparándose para él.

–Sí –susurró–. Vámonos.

Ya en el coche, la tensión sexual podía cortarse. En cuanto entraron en el ascensor, Edie fue empujada contra la cabina y Sebastio la besó como si su vida dependiera de ello.

No recordaba haber salido del ascensor, ni entrado en el apartamento o llegado al dormitorio. Solo sabía que si no se unía a Sebastio se moriría.

Él se hundió con fuerza, levantándole las piernas para hundirse más profundamente. Edie cerró los ojos, hasta que oyó la voz de Sebastio:

–Edie, mírame.

Ella obedeció, obligada a conectar con él a todos los

niveles, sin clemencia. Edie lo maldijo en silencio mientras estallaba en un millón de pedazos.

Dos días después, Edie miraba por la ventanilla del avión hacia una pequeña isla verde en medio del mar. Las olas lamían las blancas playas de arena y las palmeras oscilaban al viento.

Era la quintaesencia del paraíso tropical. En medio se veía una enorme casa de estilo colonial, y se distinguía un sendero que conducía a la casa desde la playa.

El avión aterrizó y ella vio a un hombre esperando junto a un todoterreno descapotable. Sebastio lo saludó y le presentó a Edie antes de instalarse en el asiento de atrás.

—Nunca te veo conducir. ¿No te gusta, o...?

Edie se interrumpió, espantada ante lo que acababa de decir. Qué insensible había sido.

—No he vuelto a conducir desde aquella noche —contestó él con la mandíbula apretada.

—Lo siento, no pretendía...

Él sacudió la cabeza, rechazando sus disculpas y dando por terminada la conversación.

El nudo que se había instalado en el estómago de Edie durante la fiesta se apretó. Inconscientemente, volvió a posar una mano allí. Se sentía revuelta desde que había conocido a Rafael e Isobel. Verlos tan felices, ver a sus hijos, la había tocado en una parte muy vulnerable. Nunca había admitido ante sí misma lo desoladora que había sido la noticia de que seguramente no podría tener hijos, y aquella noche la había golpeado de frente, dejándola en carne viva

Después de regresar al apartamento, de hacer el amor, había sido mucho más intenso que nunca. Al día siguiente se había despertado a mediodía, incapaz de identificar lo que sentía...

Las alarmas habían comenzado a sonar. Desde el cáncer, era consciente del más mínimo cambio en su salud.

De modo que había llamado a su médico de Gran Bretaña y, tras la conversación, había acudido a la farmacia en busca de un test de embarazo, que había guardado en su maleta.

Su médico le había recordado las escasas probabilidades que tenía de quedarse embarazada, pero había sugerido que se hiciera la prueba, solo para descartarlo.

Pero Edie no había tenido valor para hacérsela en Buenos Aires. La idea de estar embarazada la aterrorizaba y, al mismo tiempo, la llenaba de euforia.

Sería la prueba definitiva de su salud. Saber que era capaz de crear una vida tras casi perder la suya. Pero que sucediera así... Con un hombre que le había advertido expresamente que no quería ningún compromiso, ninguna relación.

–¿Estás bien? Parece que hubieras visto un fantasma.

–Estoy bien –Edie se obligó a sonreír–, solo un poco cansada.

–En cuanto lleguemos a la casa podrás descansar. Tengo que hacer algunas llamadas.

–De acuerdo –la mente de Edie voló hasta la cajita blanca que tenía en su maleta.

Al llegar a la casa estaba tan tensa que apenas percibió lo impresionante que era. Enclavada en la exuberante vegetación, apartada del mundo exterior. Una enorme terraza rodeaba la planta baja y una inmensa piscina presidía el jardín trasero con vistas al mar.

Las habitaciones eran grandes y espaciosas, con las puertas y las ventanas abiertas para dejar paso a la brisa. Edie llevaba un vestido blanco de bordado inglés, pero incluso eso le daba calor.

Una hermosa mujer los recibió con una bandeja de bebidas refrescantes. Sebastio la presentó como Angelique. Edie sonrió agradecida y saboreó el ácido zumo de limón.

El dormitorio era enorme. La terraza tenía vistas al mar y, a lo lejos, a la costa argentina.

Sebastio se sintió muy satisfecho de tener allí a Edie. Estaba vuelta de espaldas a él, pálida y delgada, su cuello le pareció muy frágil, y sintió un arrebato de algo ajeno a él: una actitud protectora.

Nunca había llevado allí a una mujer. Allí había acudido, desgarrado, tras el accidente. Allí había soportado largos días y oscuros pensamientos. Días que no deseaba recordar.

Quizás por eso la había llevado allí, para eclipsar esos recuerdos. Quizás ya fuera hora.

Y el que lo hubiera hecho indicaba que ella era diferente, que quizás tuviera un lugar en su vida.

La idea de dejarla marchar le despertaba una oleada de pánico. Quizás no tuviera que dejarla ir.

Ella se volvió, como si hubiera escuchado sus pensamientos, y de inmediato la deseó. Veía sus pechos marcarse bajo el fino vestido. La curva de su cintura.

Sebastio se acercó y posó una mano en cada cadera. Se inclinó y disfrutó de ese instante previo al beso, de la reacción dulcemente sensual de Edie.

Se apartó, sintiendo vibrar la sangre. Deseaba llevarla a la cama, pero parecía muy cansada.

—Date una ducha y échate una siesta, Edie. Ya te despertaré cuando esté lista la cena.

—Eso suena muy bien —ella sonrió.

La sonrisa de Edie se borró mientras Sebastio se marchaba de la habitación. El chófer del todoterreno Pedro, le había subido las maletas y ella sacó la bolsita de la farmacia.

Se encerró en el cuarto de baño, apenas fijándose en el lujoso mármol blanco.

No estaba segura del tiempo transcurrido antes de tener el valor de hacer la prueba.

Transcurrido el tiempo preceptivo, Edie consultó el test y contuvo la respiración.

¿Dónde estaba?

Sebastio se sintió frustrado. No estaba en el dormitorio. No estaba en la planta baja.

Volvió a subir y comprobó el cuarto de baño. Nada.

Estaba a punto de marcharse cuando vio una bolsita blanca de papel en la basura. Sin saber por qué le había llamado la atención, se inclinó para recogerla y algo cayó al suelo...

Capítulo 9

EDIE se detuvo en la orilla, sintiendo las olas lamerle los pies.

Estaba embarazada.

No podía negar el pánico que sentía. No era la situación ideal para estar embarazada.

Pero solo podía pensar en las palabras del médico:

«Si estás embarazada, Edie, es una buenísima señal. Significa que tu cuerpo se ha recuperado del tratamiento y que tu fertilidad no ha quedado irreparablemente dañada».

Le costaba imaginarse que una diminuta semilla de vida crecía en su interior. Pero ahí estaba la prueba de que los milagros existían.

Por supuesto tendría que decírselo a Sebastio. Y su reacción le daba pavor. Pero de momento, durante un íntimo instante, iba a permitir que la felicidad la impregnara. Iba a amar y cuidar a ese bebé, aunque tuviera que hacerlo sola. Y no podía dejar de sonreír.

–Estás contenta, ¿verdad? –la fría voz de Sebastio la golpeó como un látigo.

Edie se volvió. Nunca había visto a Sebastio tan enfadado. Llevaba algo en la mano.

La prueba. Con una palabra escrita: «Embarazada».

–Sebastio, acabo de descubrirlo. No tenía ni idea.

–Me dijiste que no podías quedarte embarazada. Me dijiste que te había sucedido algo.

–No te mentí, me pasó algo. Las probabilidades eran mínimas... – aunque al parecer no tanto.

–He sido un imbécil –Sebastio sacudió la cabeza–. Cegado por la lujuria. No debería haberte creído. Debería haberme escuchado cuando pensé que tu pose inocente no era más que eso. Pero reconozco que lo de fingir tu virginidad fue una obra maestra.

–Sí que era virgen –Edie lo miró espantada.

–Cómo me lo contaste –continuó él sin apenas escucharla–. Y yo solo pensaba en lo mucho que te deseaba. Entonces viniste a mí y me suplicaste que te hiciera el amor.

La vergüenza tiñó de rojo las mejillas de Edie. Era verdad que se lo había pedido. Le había costado todo su valor pedirle que le robara la inocencia. Y él lo estaba tergiversando todo.

–No fue así –susurró.

–Prepárate para marcharnos en media hora.

Sebastio se volvió y ya estaba a medio camino de la casa cuando Edie por fin reaccionó.

–Sebastio, espera.

Él se detuvo, el cuerpo rígido, su lenguaje corporal gritando su rechazo.

–¿Sí? –se volvió–. ¿Alguna mentira más?

–¿Qué pasa con el bebé? –Edie se negaba a dejarse intimidar.

–En primer lugar –Sebastio fijó una mirada furiosa en la barriga–, haré que un médico confirme el embarazo y luego, suponiendo que sea mío, me encargaré de todo.

Edie se quedó helada y posó una mano sobre la barriga. «Me encargaré de todo».

–No pienso deshacerme de este bebé.

–No quise decir eso. Si hay un bebé, y si es mío, gozará de toda mi protección.

Las palabras hirieron a Edie. Sebastio se había vuelto de nuevo para marcharse, pero ella estaba clavada al suelo. Había sugerido que quizás no fuera suyo. La idea casi le hizo estallar en una carcajada histérica, pero estaba demasiado conmocionada.

En una hora su mundo se había derrumbado y era mucho peor de lo que se había temido.

Durante el viaje de regreso a Buenos Aires, Sebastio fue un ejemplo de gélido control. Muy consciente de la presencia de Edie a su lado, no la había mirado. La sensación de traición sufrida al recoger el paquetito del suelo y comprender de qué se trataba aún lo reconcomía.

Por primera vez en cuatro años había pasado la Navidad con alguien. La había llevado a Argentina, abandonando una importante reunión. La había llevado a su isla, su santuario.

¿Y qué había hecho ella? ¿En qué lo había convertido? No se reconocía a sí mismo.

Toda una vida protegiéndose tras un velo de cinismo, y de repente había pasado a confiar ciegamente. Incluso había contemplado la posibilidad de conservarla de manera más permanente en su vida, cuando lo que ella tenía en mente era algo mucho más ambicioso.

Estaba embarazada.

La idea le arrancó un sudor frío. Ya había sido responsable de la muerte de una madre y su bebé. ¿Cómo demonios iba a cuidar y proteger a un ser indefenso? Se había jurado no ser padre, no queriendo someter a un niño a lo que había sufrido él a manos de sus padres.

El corazón se le detuvo al pensar en un pequeño bebé de cabellos oscuros chupando el pecho de Edie. Ya era suficiente. Se ocuparía de las necesidades del pequeño, pero, de momento, nada más.

—Sebastio, necesito contarte algo —le dijo Edie en cuanto entraron en el apartamento.

Él sintió una aversión casi supersticiosa a mirarla, como si fuera a desbaratarse su control.

«Ni siquiera soporta mirarme», pensó ella, asqueada.

Los ojos de plata la fulminaron. Durante un instante, Edie tuvo la sensación de que si estaba tan enfadado era porque había emociones más fuertes en juego y que quizás pudiera ablandarlo...

—No te mentí cuando te conté que creía que no podía quedarme embarazada.

—Ya es tarde para excusas.

—No es una excusa —contestó ella con brusquedad, irritada con la actitud de Sebastio.

Sebastio permaneció inmóvil.

—Sufrí cáncer siendo adolescente —Edie tragó nerviosamente—. Un raro tipo de linfoma. Meses de quimio y radioterapia. Una de las zonas más irradiadas fue el útero, y por eso me dijeron que apenas tenía posibilidades de quedarme embarazada. Y pensé que no pasaría.

Él no contestó.

—La noche que te vi —continuó ella—, en el club... acababan de darme el alta. Llevaba peluca —se tocó el pelo—. Por eso era más largo. Me había quedado sin pelo. Y no me lo he dejado largo porque siento el supersticioso temor de que, si lo hago, el cáncer regresará.

—Si es verdad, ¿por qué no me lo contaste antes?

—Es verdad —ella se bajó el top y señaló la cicatriz—. Por aquí me metían las drogas.

Él apenas la miró.

—Si no te lo dije fue porque no quería que me consideraras débil, vulnerable. No quería que me recordaras así. Fueron tiempos difíciles. Prefiero no pensar en ello.

Y sin embargo se lo había contado casi todo, comprendió Sebastio con amargura.

Contempló la pequeña cicatriz roja que tenía bajo la clavícula, negándose a pensar que por ahí le habían introducido toxinas, aunque podría tratarse de una estratagema para ganarse su simpatía.

—He pedido cita con mi médico para mañana por la mañana —le informó tras consultar la hora—. Después ya hablaremos. Me voy a trabajar y no volveré hasta la noche.

Edie no dijo nada mientras él se marchaba del apartamento. De repente se sintió agotada y se metió en la cama que aún no había estrenado, invocando a un sueño que anulara el dolor.

Edie había exigido que Sebastio no entrara en la consulta, pero al salir, el médico la acompañó hasta él. Informó a Sebastio de que Edie estaba embarazada de unas tres semanas. Ella se sonrojó al pensar que la concepción debía de haber sucedido la primera vez.

La reacción de Sebastio fue la misma expresión pétrea de las últimas veinticuatro horas.

—De acuerdo, vámonos.

—No fingí ser virgen, y el bebé es tuyo —insistió Edie en el coche camino del apartamento.

Sebastio la miró y, durante un segundo, a ella le pareció ver un destello de emoción.

Cuando llegaron al apartamento, Edie preparó la maleta, dejando todo lo que él le había regalado. Lo único que quería era marcharse. Volver a su casa, lamerse las heridas, pensar en el futuro.

Lo encontró de pie ante la ventana. Él se volvió y la miró con el ceño fruncido.

—¿Adónde crees que vas?

—Me voy a casa.

–Yo no regresaré a Londres hasta la semana que viene. Tengo reuniones programadas aquí.

–Eso no es asunto mío, Sebastio. Hablaremos cuando regreses a Londres. Ahora me voy.

Edie se volvió y echó a andar hacia la puerta.

–¿Y cómo piensas regresar?

–Tomaré un taxi al aeropuerto y el primer vuelo a Inglaterra –ella miró fijamente la puerta–. Alguno habrá.

–No seas ridícula. Te quedarás aquí hasta que yo termine.

–¿Ahora soy tu prisionera?

–Claro que no. Pero estás embarazada de mi bebé –contestó él en tono exasperado.

–Vaya, ahora estás dispuesto a admitirlo –observó Edie, con la voz cargada de irritación.

–¿En serio quieres volver a casa? –preguntó Sebastio tras una pausa–. ¿Hoy mismo?

Ella asintió. No se atrevía a hablar.

–Entonces lo arreglaré todo. Dame diez minutos.

Veinte minutos después, Edie iba en el coche de Sebastio, camino del aeródromo privado donde aguardaba su avión. A su lado, él tamborileaba con los dedos en el muslo.

–Paolo y la tripulación te llevarán sana y salva a mi casa. Yo volveré en unos días.

Edie abrió la boca para objetar, pero Sebastio la detuvo con una mano en el aire.

–No discutas conmigo. Hasta decidir qué hacer estarás a mi cargo. Esto ya no se trata de nosotros.

Edie tragó un nudo de emoción. «Nunca ha existido un nosotros».

La demostración de lo poco que le importaba a Sebastio era la facilidad con la que la había echado. La ira ahogó cualquier otra emoción más peligrosa.

—¿Y nosotros...?

—Ahora todo ha cambiado.

—¿Porque ya no soy una amante desechable? ¿Porque tuve la osadía de quedarme embarazada?

—Te dije que no estaba interesado en un compromiso, en una relación. No te engañé.

La frialdad de Sebastio aterraba a Edie, pero se negó a que se le notara.

—Lo sé. Pero a veces suceden cosas que escapan a nuestro control.

—En mi mundo no. Afrontaré las consecuencias, pero lo que tuvimos se acabó, Edie.

Días después, en el ático de Sebastio, el dolor de sus palabras había quedado reducido a una sorda molestia. Lo peor era que, sabiendo lo que le había pasado a ese hombre, Edie comprendía en cierto modo por qué la estaba echando de su vida, aunque no excusaba su comportamiento.

En cuanto aterrizó en Londres, ella había intentado regresar a su propio piso, pero se encontró con la resistencia del chófer de Sebastio, Nick, y uno de sus ayudantes que le habían asegurado que tenían instrucciones de llevarla al apartamento de Sebastio.

Al final le había pedido a Nick que la llevara primero a su casa para recoger algunas cosas.

Sebastio tenía razón, aquello ya no se trataba solo de ellos dos. Había un bebé, y haría todo lo que él le pidiera hasta que pudieran hablar a su regreso. Esperado en cualquier momento.

Edie aún no estaba preparada para verlo. Al oír la puerta principal, se volvió de la ventana.

Sebastio entró, con los ojos clavados en ella. Edie sintió una descarga eléctrica por todo el cuerpo.

–Estás aquí –constató él sin emoción alguna, entrando en el salón, exudando tensión.

Ella asintió, y se le encogió el estómago. ¿Tanto la odiaba?

–Nunca sé qué esperar de ti.

–No pretendía que sucediera esto –Edie dio un respingo–. Las posibilidades eran casi nulas.

–Suponiendo que lo que contaste sobre el cáncer fuera cierto.

–Sigues sin creerme –ella se quedó helada.

–Lo que creo es que la gente llega a extremos imposibles para asegurarse una vida de bienestar –contestó él con una expresión casi aburrida–. Con el embarazo has ganado el premio gordo.

–Se trata de tu bebé –Edie se posó una mano temblorosa sobre la barriga–. Nuestro bebé. No fue concebido con aviesas intenciones. Él, o ella, fue concebido con am...

–¿Qué ibas a decir? –Sebastio soltó un bufido–. «¿Amor?». Aquí no hubo amor. Solo lujuria.

–Sí que hubo amor –contestó ella con altivez–, al menos por mi parte. Te amo, Sebastio, a pesar de haber intentado no enamorarme de ti. Por eso me marché antes de la última fiesta. Para escapar. Sabía que, si permitía que la aventura continuara, resultaría herida. Pero ya era demasiado tarde...

Sebastio oyó las palabras de Edie, pero se negó a que atravesaran el muro que había levantado a su alrededor. A pesar de ello, la última imagen antes de dormirse cada noche había sido la del rostro de Edie cuando la había dejado en el avión. Y cada noche se había repetido la pesadilla del accidente. Se despertaba sudoroso, soltando juramentos, anhelando las caricias de Edie.

Las palabras de su examante regresaron a su mente:

«Las mujeres te dirán que te aman, pero en nuestro mundo eso no existe. Solo te querrán por tu éxito y tu riqueza».

—Por favor –protestó él–, ahórrate el drama. Tu futuro está asegurado, gracias a tu embarazo. Nunca te faltará de nada, ni al bebé tampoco.

—Lo entiendo –Edie asimiló el hecho de que acababa de arrojarle a la cara su confesión de amor.

—¿El qué entiendes?

—Por qué no me crees. ¿Cómo puede alguien que se crio con unos padres que lo utilizaban como moneda de cambio saber lo que es el amor y cómo se siente?

—Edie... –la voz de Sebastio encerraba una clara advertencia.

—Tú crees que no te lo mereces –ella lo ignoró–. Pero fuiste tan víctima de ese accidente como tus amigos. También mereces ser feliz. Llevas demasiado tiempo castigándote.

Sebastio se acercó a Edie, que se negó a retroceder. La tensión saltó entre ambos.

—¿Te crees que es tan sencillo? ¿Crees que lo único que necesito es perdonarme a mí mismo y olvidar una vida de lecciones para confiar en una emoción que me es totalmente ajena?

Edie le tomó una mano y la sostuvo sobre su acelerado corazón.

—¿Esto también te es ajeno? Mi corazón es tuyo, Sebastio, lo quieras o no.

Él soltó un juramento, y su boca cayó sobre la de ella antes de que pudiera reaccionar.

Sebastio se apartó y Edie casi se tambaleó hacia delante, desorientada.

—Te equivocas –insistió él–. Esto es lo único que me interesa.

Cuando Sebastio se marchó, Edie casi sintió alivio,

porque necesitaba intimidad para asimilar que no había manera de llegar hasta el corazón de ese hombre.

Sebastio estaba en uno de los hoteles más lujosos de Londres: The Chatsfield. No deseaba hablar con nadie y sus gestos emitían señales de advertencia para que nadie se acercara.

Había tenido que marcharse de su ático porque casi había perdido el control al besar a Edie.

Lo único que le había impedido tomarla allí mismo había sido su audaz declaración:

«Te amo, Sebastio».

Sin duda mentía. ¿Cómo podía amarlo? Se la había jugado y él había sido un imbécil.

Se había dejado todo en Buenos Aires, incluyendo el collar de diamantes. La primera joya que había elegido él mismo para una mujer. Y lo había hecho porque quería hacerle creer que era distinta. Auténtica.

Sebastio sintió el temblor de su mano al levantar de nuevo la copa. Cuando Edie había sujetado esa mano sobre su corazón, diciéndole que era suyo, casi se había desmoronado. Y por eso la había besado, para no olvidar que lo único que había entre ellos era deseo.

Le había contado demasiado. Conocía sus debilidades, casi mejor que él mismo. Y, tal y como había hecho su madre, tal y como le había advertido su primera amante, pretendía utilizar esos conocimientos en su propio beneficio.

Entonces, ¿por qué lo único en lo que podía pensar era en el rostro compungido de Edie?

Edie se despertó a la mañana siguiente, mareada y desorientada. Había dormido durante horas. El apartamento estaba vacío. Ni siquiera sabía si Sebastio había regresado a casa la noche anterior.

Descubrió la nota sobre la mesa del salón y reconoció la arrogante caligrafía:

> Edie,
> Tengo que ir a París hasta mañana. Mientras tanto, elige un lugar en el que vivir y yo te instalaré allí.
> No te faltará apoyo económico durante el embarazo, hablaremos del futuro cuando nazca el bebé.
> En cuanto a nuestra relación, no es tema de discusión. No intentes convencerme de lo contrario.
> Si necesitas algo, llama a Matteo. Estará en la ciudad unos días y conoce la situación.
>
> SR

La nota cayó de las manos de Edie. Parecía temer haber sonado ambiguo el día anterior. Pero ya no había ninguna duda posible. Quizás algún día otra mujer conseguiría abrirle el corazón. Pero no sería ella. Por mucha pasión que hubiera entre ellos.

No había esperanza.

Edie se despertó temprano a la mañana siguiente. Le llevó un segundo comprender que le había despertado el dolor. Un calambre. Fue al cuarto de baño y vio la sangre.

A punto de llamar a Sebastio, se detuvo. No estaba en el país, y no le gustaría que lo interrumpieran.

Otro calambre atravesó la barriga de Edie, que rompió a sudar. Recordó a Matteo y lo llamó.

–Edie, ¿va todo bien? –preguntó él tras responder la llamada.

–Hola, Matteo –saludó ella con voz temblorosa–. Sufro dolores y hay sangre. Tengo miedo.

–No te muevas. Enseguida voy.

Matteo colgó y Edie se acurrucó en el sofá. Los últimos cuatro años había sido muy afortunada, pero los miedos sobre su salud, los fantasmas, regresaron de golpe.

No estuvo segura de cuánto tiempo había esperado, pero le pareció que no había transcurrido ni un segundo cuando oyó la puerta y unos pasos familiares. «¡Oh, no!».

–Sebastio... –ella intentó levantarse.

Pero él ya estaba a su lado, tomándola en brazos. Mientras bajaban en el ascensor, lo único en lo que pensaba Edie era en que no estaba en la cama con otra mujer, y eso podría ser buena señal.

–¿Qué haces aquí? –preguntó de repente–. Creía que estabas en París.

–Y lo estaba –contestó él con gesto adusto–. Volví esta mañana temprano. Cambio de planes.

Llegaron al sótano y él la acomodó en el asiento delantero de un coche que ella no había visto nunca. Tras abrocharle el cinturón de seguridad, se sentó al volante.

–¿Dónde está Nick? –preguntó ella al comprender–. ¿Por qué conduces tú?

–Tiene el día libre –contestó Sebastio mientras salía a la calle–. Un taxi tardaría demasiado.

–¿Cómo lo supiste?

–Matteo me llamó. Ya subía por el ascensor. ¿Estás bien?

–Eso espero. Sangro un poco y me despertaron los calambres.

La expresión de Sebastio se volvió aún más adusta.

En pocos minutos llegaron a urgencias. Antes de poder respirar, Edie fue tumbada en una cama y empezó a recibir miles de preguntas.

Le explicó a la doctora lo del cáncer y el tratamiento que había recibido, consciente de la lúgubre presencia de Sebastio en un rincón. La doctora le pidió el nombre del oncólogo.

Durante unas horas la exploraron e hicieron más preguntas. Sebastio entraba y salía de la habitación, hablando por teléfono o simplemente quedándose de pie.

Por la tarde la doctora regresó con aspecto cansado, pero complacido. Edie contuvo el aliento.

–Bueno, el que te quedaras embarazada es una buena noticia, Edie –le explicó con una sonrisa–. Supongo que eres consciente de que tus posibilidades eran prácticamente nulas.

–Lo sé –ella asintió, sin mirar a Sebastio.

–Es como un milagro, pero, al parecer, la radioterapia no resultó tan dañina para tus órganos reproductores como se temía –continuó la doctora–. No parece haber nada mal. Manchar y sufrir calambres es bastante habitual en las primeras etapas. Permanecerás aquí en observación durante unos días, solo para asegurarnos de que todo va bien, por tus antecedentes.

–Gracias –Edie sintió un inmenso alivio.

La doctora se marchó y Sebastio se acercó a la cama. Edie se obligó a mirarlo. Durante un instante vio algo en su mirada, pero enseguida lo ocultó. Estúpido corazón.

–Edie, te debo una disculpa. Siento no haberte creído. Si lo hubiera hecho, habría insistido en que acudieras a un especialista, y esto no habría sucedido.

–Esto no tiene nada que ver con que me creas o no –Edie sacudió la cabeza–. Todo va bien.

El que Sebastio estuviera reconociendo a ese bebé como suyo parecía casi irrelevante. Edie no quería su compasión, porque tendría que admitir haberse equivocado al acusarla de intentar manipularlo, y entonces se daría cuenta de que hablaba en serio al decirle que lo amaba.

Prefería el desdén y la desconfianza.

Sebastio abrió la boca.

–No –lo detuvo ella–. No quiero oírlo, Sebastio. Tu nota era muy explícita. Hablaremos del futuro cuando me den el alta. Hasta entonces, no quiero verte.

–Edie...

–Estoy muy cansada –ella cerró los ojos–. No quiero hablar de ello. Por favor, márchate.

Durante largo rato, Sebastio no se movió. Sabía que sería inútil intentar hablar con ella.

Salió de la habitación y se detuvo frente al cristal, viendo a Edie acurrucada de lado.

Recordó el instante en que había entrado en su despacho. «Quiero que me hagas el amor». La feroz determinación de su rostro mezclada con algo más vulnerable. Y recordó cómo lo había ayudado a salir de su sentimiento de culpabilidad. Lo conocía mejor que él mismo.

Se había equivocado por completo. Y lo había comprendido la noche anterior, en París.

La enormidad del hecho de que Edie estuviera embarazada de su hijo lo había alcanzado y una indescriptible sensación de felicidad se había instalado en su interior, rompiendo la coraza.

Se había apresurado a cambiar de planes, sintiendo un repentino pánico por si llegaba tarde. Entonces había llamado Matteo. Y al ver a Edie acurrucada en el sofá, pálida y vulnerable, había estado a punto de desmoronarse, recordando a otra mujer embarazada a la que no había podido salvar.

Y ella le había pedido que se marchara.

¿Qué esperaba? Durante un momento se había sentido desolado. No podía ser demasiado tarde. Si lo hubiese dicho en serio...

Resultaba amargamente irónico para alguien como él, que jamás reconocía sentimientos como la esperanza y el optimismo, pero no tenía otra cosa a la que aferrarse.

Capítulo 10

CUANDO Edie se despertó, Matteo estaba en la habitación y durante los días que siguieron fue su constante acompañante. Cuando preguntaba por Sebastio, le decía algo sobre que había regresado a Argentina por cuestión de negocios.

Ni siquiera estaba allí. A pesar de haberlo echado de allí, se sintió decepcionada.

Tras recibir el alta, fue Matteo quien la llevó de vuelta al ático, quien la cuidó. No había querido preocupar a sus padres, recién llegados del crucero. Pasado el primer trimestre, iría a verlos.

Sebastio llamaba de vez en cuando, pero las conversaciones eran cortas e impersonales.

Edie temía y, a la vez, anhelaba el momento de volverlo a ver, de hablar.

Una semana después

Sebastio la contemplaba desde la acera de enfrente. Edie estaba en uno de los escaparates principales de Marrotts, trabajando en una nueva decoración. Un dormitorio completo con muebles y ropa de cama.

De repente, la vio arrastrar una escalera y subirse a ella para alcanzar algo que estaba por encima de su cabeza. La irritación, mezclada con preocupación, lo espoleó a cruzar la calle.

Edie no llegaba al gancho del techo del que colgaría la cortina. Reprimió un juramento y sintió unas irritantes lágrimas de frustración. Tenía las emociones a flor de piel.

Matteo le había comprado un libro sobre el embarazo y le había explicado que era normal sentirse así. Y, tras sonrojarse, también le había explicado que... quizás... sentiría molestias en los... pechos.

De no haber tenido ganas de llorar, Edie se habría reído. En efecto, le dolían los pechos. Pero tenía la sensación de que tenía más que ver con el hecho de que añoraba las caricias de Sebastio.

«No volverá a tocarte», le recordó su frígida vocecita interior.

Edie intentó una vez más alcanzar el gancho y, justo entonces, oyó una familiar voz.

—¡Dios, Edie! ¡Bájate de ahí!

Todo sucedió muy deprisa. Sobresaltada, perdió el equilibrio y cayó... en brazos de Sebastio.

La sensación de estar en sus brazos era tan deliciosa que le llevó unos segundos comprender la situación.

—Estoy bien, puedes bajarme.

Sebastio la agarró con más fuerza, pero luego la dejó en el suelo. Edie casi lo lamentó.

—¿Qué hacías ahí? —preguntó él—. ¿Qué haces aquí? ¡Eres la madre de mi hijo! Debes cuidarte.

—Estaba muy bien hasta que casi me matas del susto —ella apoyó las manos sobre las caderas.

Por primera vez lo vio desencajado y tenso. Llevaba el traje arrugado, sin corbata.

—Edie, tenemos que hablar. ¿Podemos ir a algún sitio?

—No, podemos hablar aquí —temía que si iba con él perdería el frágil control de sus emociones.

No vieron al pequeño grupo de personas que empezaba a arremolinarse frente al escaparate.

—¿Qué haces aquí? —preguntó ella.

Él se acercó, lo bastante para que Edie viera en sus ojos una luz que nunca antes había visto. Se le aceleró el corazón. Porque no podía albergar ninguna esperanza. Él la había matado.

—¿Sebastio...?

—Cuando vi la prueba de embarazo me sentí traicionado. Pensé en lo peor. Lo interpreté todo mal. Lo habías maquinado todo. Confirmaba las pequeñas dudas que albergaba sobre ti. No podías ser tan inocente como parecías. Tan abierta.

Respiró hondo y continuó.

—Toda mi vida he tenido una imagen del mundo conforme a mi cinismo. Mi primera amante me advirtió de que la gente solo me querría por mi dinero y mi éxito. La relación de mis padres fue tan tóxica que juré no casarme nunca ni tener hijos, para no hacerles pasar por lo mismo. Tras el accidente de coche, no me sentí culpable por ser el conductor, ni porque Víctor me acusara, sino por la envidia que había sentido hacia Víctor y Maya. De su amor y felicidad.

De nuevo, Sebastio tomó aire para poder continuar.

—Víctor sabía que les tenía envidia y le resultó fácil culparme, golpearme donde más me dolía. Y yo se lo permití porque creía que me lo merecía. Me sentía avergonzado.

Sebastio tomó las manos de Edie.

—Pero aunque no me hubiese distraído, no habría podido esquivar a ese conductor borracho.

—No hace falta que me expliques todo eso —a Edie le dolía el corazón.

–Volví a Buenos Aires –él sacudió la cabeza–, porque quería que no albergaras la menor duda sobre lo que estoy diciendo. He hecho las paces con Víctor. Tenías razón. Es feliz. Enterramos muchos fantasmas, y no lo habría hecho sin ti.

–Estoy segura de que lo habrías hecho, tarde o temprano –ella sintió un calor en el pecho.

–Lo dudo –él hizo una mueca–. Necesitaba que alguien me sacudiera para recomponerme.

–¿De qué estás hablando? –el corazón de Edie falló un latido.

Él la miró, y ella tragó nerviosamente. Nunca había visto tanta intensidad en sus ojos. O sí... aquella noche en la ducha, tras la pesadilla.

–Te amo, Edie. Me llevó un tiempo darme cuenta porque tenías razón. No sabía qué era el amor. Pero ahora sí lo sé.

Incapaz de hablar, Edie llevó una temblorosa mano hasta el rostro de Sebastio.

–Hasta que no apareciste no empecé a permitirme sentir de nuevo. A confiar. A querer más –Sebastio le tomó el rostro entre las manos–. Todo empezó hace cuatro años en ese club. Te vi y sentí que algo se rompía dentro de mí. Me sentí expuesto, como si pudieras verme por dentro.

–Yo también –susurró ella–, como si supieses lo que había sufrido. Lo aislada que me sentía.

–También vi lo joven que eras, lo inocente –él asintió–. No quise mancillarte con mi cinismo. Edie, quiero pedirte...

Sebastio se interrumpió, adorablemente indeciso, antes de posar una rodilla en tierra.

Ella lo miró boquiabierta y tuvo que sentarse en la cama del escaparate para no caerse.

Él le soltó las manos para sacar una cajita del bolsillo de la chaqueta y abrirla.

Edie vio un anillo de platino. Con un diamante en forma de lágrima. Muy familiar.

–Es el diamante del collar –le explicó Sebastio–. Es la única joya que he elegido jamás para una mujer. Creo que ahí fue cuando comprendí el lío en que me había metido.

–Es muy bonito... –Edie miró a Sebastio con los ojos llenos de lágrimas.

–Edie –él sacó el anillo de la cajita y le tomó una mano–, ¿me harías el honor de casarte conmigo y prometerme que pasarás el resto de tu vida conmigo? Porque si dices que no... –palideció–. No me imagino mi vida sin ti. Quiero una vida contigo. Una familia. Un hogar.

–¿Y un perro? –ella sonrió temblorosa.

–Me encantaría tener un perro –él también sonrió. Le brillaban los ojos–. ¿Y bien? ¿Edie?

Ella ya no pudo contenerse más. Se lanzó a sus brazos y cayeron sobre la carísima alfombra oriental. Le rodeó el cuello con los brazos, aplastando los sensibles pechos contra su torso. Pero daba igual. Y lo besó porque, si no lo hacía, se moriría.

–Sí... Sebastio Rivas... sí, me casaré contigo.

Fuera, se habían juntado unas cien personas. Los teléfonos apuntaban al escaparate, la gente aplaudía.

La declaración de Sebastio se volvió viral en minutos.

Y, cuando Sebastio al fin pudo colocar el brillante anillo en el dedo de Edie, el nublado día de enero se iluminó.

Epílogo

Dos años después. Richmond, Navidad

Sebastio estaba frente a la puerta principal, con el pecho tan henchido de amor que casi le dolía. Edie y la pequeña de quince meses, Rose, por su abuela, daban los últimos toques a un desproporcionado muñeco de nieve junto a la escalera.

Edie no llevaba gorro y tenía el cabello sujeto en un recogido despeinado, con algunos mechones cayendo sobre el rostro. Al fin se lo había dejado crecer.

Rose se parecía a los dos. Tenía el pelo oscuro y los ojos azules, más claros que los de su madre. Sebastio no se había sentido nunca tan aterrorizado como aquella mañana en la que el resbaladizo cuerpecito había salido del cuerpo de Edie, entrando en sus vidas, pero enseguida el terror había sido sustituido por un amor tan intenso que casi lo había fulminado.

La casa estaba adornada, preparada para Navidad. Los padres de Edie llegarían en cualquier momento.

Sebastio sonrió al pensar en cómo había cambiado su vida. A mejor.

Había regresado al rugby, como comentarista para los principales torneos europeos.

Y Edie... le hacía estallar de orgullo. Había montado su propia empresa como consultora creativa para eventos. Jimmy era su socio.

–¡Papi! ¡Papi! –Rose vio a su padre y gritó feliz, dando palmadas.

Edie se volvió y sonrió de esa manera que siempre le hacía derretirse. Los últimos días la sonrisa se había vuelto más enigmática y empezaba a ponerle nervioso.

Se juró arrancarle el secreto más tarde. Pero antes se puso las botas y un abrigo y se reunió con su esposa y su hija. Dio gracias a Dios por todo, incluyendo el labrador de color chocolate, que daba saltos, chocando contra el muñeco de nieve, haciendo que Rose se riera a carcajadas.

Más tarde consiguió arrancarle a Edie el motivo de su sonrisa, como si tuviera un secreto.

Porque lo tenía.

El secreto sería continuar con la feliz tradición.

Edie había concebido otro bebé navideño...

Bianca

**Seducida como su cenicienta secreta…
¿querrá ser su reina?**

LAS CARICIAS
DEL JEQUE

Susan Stephens

Sola y embarazada, Lucy Gillingham estaba decidida a proteger a su futuro hijo de su peculiar familia. Pero Tadj, el atractivo
desconocido con el que había pasado una noche inolvidable,
había vuelto para revelarle un secreto sorprendente. ¡Estaba
esperando un hijo de un rey del desierto! Tadj daría seguridad
a su heredero, pero ¿estaría Lucy dispuesta a aceptar aquella
propuesta escandalosa y compartir el lecho real?

Acepte 2 de nuestras mejores novelas de amor GRATIS

¡Y reciba un regalo sorpresa!

Oferta especial de tiempo limitado

Rellene el cupón y envíelo a

Harlequin Reader Service®

3010 Walden Ave.

P.O. Box 1867

Buffalo, N.Y. 14240-1867

¡Sí! Por favor, envíenme 2 novelas de amor de Harlequin (1 Bianca® y 1 Deseo®) gratis, más el regalo sorpresa. Luego remítanme 4 novelas nuevas todos los meses, las cuales recibiré mucho antes de que aparezcan en librerías, y factúrenme al bajo precio de $3,24 cada una, más $0,25 por envío e impuesto de ventas, si corresponde*. Este es el precio total, y es un ahorro de casi el 20% sobre el precio de portada. !Una oferta excelente! Entiendo que el hecho de aceptar estos libros y el regalo no me obliga en forma alguna a la compra de libros adicionales. Y también que puedo devolver cualquier envío y cancelar en cualquier momento. Aún si decido no comprar ningún otro libro de Harlequin, los 2 libros gratis y el regalo sorpresa son míos para siempre.

416 LBN DU7N

Nombre y apellido	(Por favor, letra de molde)
Dirección	Apartamento No.
Ciudad	Estado	Zona postal

Esta oferta se limita a un pedido por hogar y no está disponible para los subscriptores actuales de Deseo® y Bianca®.

*Los términos y precios quedan sujetos a cambios sin aviso previo.

Impuestos de ventas aplican en N.Y.

SPN-03   ©2003 Harlequin Enterprises Limited

DESEO

Nunca se imaginó que su mayor rival la esperara vestido de novio en el altar

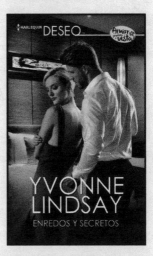

Enredos y secretos

YVONNE LINDSAY

Las instrucciones de la agencia de contactos fueron: solo tienes que presentarte a la boda. Yo te proporcionaré el novio.

Un matrimonio concertado era la única manera que Yasmin Carter tenía de salvar su empresa familiar de la bancarrota. Sin embargo, el guapo novio que la esperaba en el altar no era un desconocido para ella. Era Ilya Horvath y, desgraciadamente, era su rival en los negocios.

El carismático empresario decidió ganarse a su reacia esposa con toda la pasión posible... hasta que una escandalosa red de secretos amenazó con separarlos para siempre.

Era una tentación peligrosa, pero irresistible...

EL FINAL DE LA INOCENCIA

Sara Craven

Para evitar que su corazón quedara hecho pedazos en manos de Darius Maynard, la empleada de hogar Chloe Benson había abandonado su amado pueblo. Al regresar a casa años después, aquellos pícaros ojos verdes y comentarios burlones todavía la enfurecían... ¡y excitaban!

Darius sintió una enorme presión al verse convertido repentinamente en heredero. Sin embargo, siempre había sido la oveja negra de la familia Maynard. Y no tenía intención de cambiar algunos de sus hábitos, como el de disfrutar de las mujeres hermosas.